yangmal gihoek

해피엔딩

해피엔딩

침공·········11
거스러미와 마시멜로·········37
한세연쓰기·········71
엄마가 루앙프라방에 있다 ······107

작품해설·········143
작가의말·········165

침공

5월 31일, 그들이 침공했다. 침공에 대한 기록을 남기는 데 앞서 그날을 떠올려 기록하는 것은 내게 있어 괴롭고 고통스러운 일임을 먼저 말하는 바이다. 침공 이후, 수 일이 지나도록 혼란을 겪고 있으며 함께 거주하는 룸메이트까지 경계하고 있다. 이 기록이 그날의 침공을 객관적으로 정리하고, 현명하게 판단하여 향후 내 삶의 방향에 대한 초석이 되리라 기대해 본다.

때 이른 장마였다. 일주일 동안 잠시도 쉬지 않고 쏟아 내렸다. 비가 내리는 동안, 나는 일출 명상을 중지했다. 흐려서 일출을 볼 수 없었으므로 멈추는 것은 자연스러운 일이었다. 하루 이틀 늦잠에 익숙해지더니 일주일을 채우자, 9시가 넘어서야 아침을 맞이했다. 약간의 자괴감과 약간의 찌뿌둥함을 털며 몸을 일으켰다. 숨을 크게 들이쉬었다. 조용한 아침이었다.

'어?'

이렇게 조용할 리가 없는데라는 의구심에 쐐기를 박듯 새소리가 희미하게 들려오고 있었다. 빗소리가 아니고? 거실 암막 커튼을 젖히고 베란다로 나갔다. 촤르르르 소리를 내며 풍경이 드러났다. 비는 하루 아침에, 언제 그랬냐는 듯이 완전히 증발했다.

흐렸던 일주일을 보상하며 햇빛이 금가루를 뿌리며 온 힘을 다해 반짝였고, 최고의 밝기를 뿜어냈다. 햇살 결핍이었던 창문이 부지런히 그 빛을 흡입하고 있었다. 햇살 결핍에 있어서는 나도 마찬가지였으므로 유리창에 바짝 이마를 붙였다. 창문은 벌써 비의 흔적조차 잊었고, 이미 따뜻했으며 창 너머의 풍경은 먼지 하나 없이 깨끗했다. 구석구석 그루밍을 한 것같이 정갈했고, 투명한 유리창이 5월의 청명함을 한 폭의 명화로 담아내고 있었다.

다채로운 색상들이 내 눈동자를 향해 쏟아져 들어왔다. 밝은 햇빛이 낯선 데다 잠이 덜 깨어 눈이 부셨지만, 관찰을 접기에는 지나치게 아름다웠다. 최대한 눈을 가늘게 유지하며 17층에 펼쳐진

고공을 내다보았다.

'스으흡'

 높은 곳에서 훑어 보는 웅장함을 폐 속 깊숙이 불어 넣었다. 흡족했다. 누군가 내게 행복지수를 묻는다면 가장 먼저 순위에 오를 단어가 날씨인 만큼, 쾌청한 날을 관찰하는 것은 내게 만족감을 주었다. 공지천이 싱그럽게 빛나고 있었다. 반짝이는 물과 넘실거리는 나무, 탄력 있는 새들의 날갯짓이 내 눈동자에 박혔다. 내 눈동자에도 그것들처럼 윤기가 도는 것이 느껴졌다.
 비와 함께 나무들은 한 발짝 더 커졌고, 잎사귀는 깔끔한 초록색으로 더욱 풍성해졌다. 초록을 헤치고 푸드덕거리며 새들이 몰려나오자 하늘은 더 멀고, 짙어졌다. 그것들을 따라 내 눈동자에도 생기가 돌기 시작했다. 새들을 향해 팔을 뻗었다. 창공을 날아다니는 개운함이 느껴졌다. 모험심 강한 몇몇의 새들이 버드나무의 늘어진 가지를 헤치고 낮게 날았다. 나무에 못 보던 새순이 돋아 있었다. 성장할수록 늘어지는 버드나무 가지는 일주일 전보다 꽤 아래로 처져 있었다. 긴 가지를 나부끼며, 고작 새들이 만들어낸 바람을 리듬 삼아 격하게 춤을 추고 있었다. 이것이 버드나무가 나의 애착 나무가 된 이유였다. 나의 애착 나무는 간지러운 바람이나 옅은 비, 혹은 약간의 온도차에도 성실하게 반응했다. 여린 햇빛 한 줄기에도 민감하게 싹을 피워냈다. 그리고 시간의 흐름과 계절의 변화를 고려하여 세심하게 자신을 떨구어 내기도 했다. 이는 어떤 순간에도 무표정한 편인 나와 매우 달랐고, 그래서인지 볼 때마다 좀처럼 눈을 뗄 수가 없었다.

'적절했군. 관계가, 또 피어난 걸 보니…….'

 새로 돋아난 잎사귀를 적절한 관계의 결과물이라고 중얼거릴 만큼, 당시 나는 관계를 맺는 것에 대해 어려움을 겪고 있었다. 그때뿐만 아니라 숨쉬기가 시작된 이후 모든 순간이, 관계에 대한 어려움으로 점철되었다고 볼 수 있다. 그래서인지 듣고, 보고, 만지는 것과 같이 감각하는 모든 것에 '관계'를 대입하는 습관이 있었다. '관계'를 넣고 난 후, 제법 깊은 사유도 이어졌는데 그 이해를 돕기 위해 하나의 예를 제시하고자 한다. 버드나무가 피워 냈던 새순을 보며 떠올린 것으로 '적절함이란 무엇인가'를 질문으로 두루 생각한 바 중 일부를 삽입하겠다. 나의 사유 경향을 파악하는 데 도움이 될 것이다.

  공간 공유에 있어 자연물은 합리적이고 체계적인 시스템을 작동시킨다. 오랜 시행착오를 거쳐 획득한 공유체계로 언어가 통하지 않아도 관계가 끊이지 않는다. 나무와 하늘이 함께 공간을 공유하며 영향을 주고 받는다. 그것들은 단 둘만이 아니라 새와 나비 그리고 하루살이, 청설모와도 관계를 맺는다. 그 사이 적절함을 찾고 싹을 틔울 만큼 확장성도 가지고 있다. 이제 다음 사유로 확장성을…….

만족스러운 사유들이 모락모락 피어나고 있었다. 관계를 맺는 것은 어렵지만, 관계를 사유하는 것은 늘 흥미로웠다. 그들이 침.공.한.그.날.도 위와 같이 충만함을 만끽하던 중이었다.

-탁

손을 내밀다가 막혔다. 손자국이 난 유리는 하늘과 땅 그리고 물과 사람들을 모두 한 프레임에 담고 있었다. 프레임안의 움직임은 경쾌하고 발랄했다. 음표가 날아다니고 오케스트라가 연주하는 느낌이었다. 보고 있자니 마음이 평화로워졌고, 편안한 만큼 눈꺼풀이 내려오고 있었다. 앉아 있다가 베란다에서 그대로 잠이 들 뻔했다. 기지개를 크게 켜고 거실로 들어왔다. 밝은 크림색 페브릭 소파에 누웠다. 온도와 밝기 그리고 주변의 분위기와 소리, 모든 것이 만족스러운 날이었다.

"민희야"

룸메가 잠에서 깨어 나를 불렀다. 눈을 뜨지 않고 자는 척하며 평화로운 리듬을 이었다.

"자나?"

룸메는 와서 내 머리를 쓸더니 화장실로 향했다. 나른한 평화에 더 빠져있을 수 있었는데 리듬이 끊길 위기였다. 다행히 눈꺼풀이 무겁게 내려오고 있었다. 이 온도와 습도와 조도와 채도까지 낮잠 자기에 정말이지 딱 좋……은…….

"민희야. 츄러스 안 먹을래?"

룸메가 불렀다. 졸렸지만 츄러스라는 단어는 나를 일으키기에 충분했다. 츄러스는 룸메와 나의 교집합이었다. 교집합이란 혼자 하는 것보다 둘이 같이 하는 것이 세 배쯤 즐거운 행위를 말한다. 예민한 내가 무언가를 공유한다는 것은 여러모로 번거롭기는 했지만, 그래도 교집합은 꽤 흥미로웠다. 소파에서 엎드린 채로 간단한 요가를 했다. 등을 올렸다 내렸다 하며 호흡을 고르며 몸과 마음을 부드럽게 했다. 한층 유연해진 식도를 장착하고 룸메가 차려준 간식을 먹었다. 담소를 나누는 그때가 공간 공유자가 있어서 즐거운, 가끔의 시간이었다.

1년 전 이 집에 처음 들어선 순간, 룸메가 먼저 이 공간을 점유하고 있었다. 그 당시 우리는 어디를 자신의 공간으로 할지 눈치를 보며 서로를 살폈다. 룸메는 허용적이고 배려적인 사람이었다. 내가 편한 곳에 자리 잡기를 기다려 주었다. 공간을 결정하는 데 대략 일주일 정도가 소요되었다. 큰 방 하나는 공유하고, 거실에는 주로 내가 머물기로 했다. 그리고 작은 방을 룸메가 점유했다. 큰 방을 내가 점유할까도 잠깐 생각했지만, 약간의 폐소공포증 진단을 받았기에 내게는 거실이 적합했다. 쉐어하우스에서 이 정도로 서로 합의하고 결정할 수 있었던 것은 매우 운이 좋은 경우였다. 우리 공간은 두 개의 방과 한 개의 거실 겸 주방을 가지고 있으니 엄밀히 말하면 쉐어하우스 동기라 호칭할 수 있을 것이다. 그러나 모든 공간에서 영역을 넘나들며 공유하기로 결정하였으므로 자연스럽게 룸메라는 호칭이 붙었다.

　침공은 방심한 순간에 시작되었다. 사랑하는 음식과 교양있는 친구가 있는 명랑한 아침, 그들이 왔다.

-띠띠 띠 띠 띠띠
 도어락에서 나는 소리였다.

-띠링띠링띠링띠링띠링

잘못 눌러 울리는 경고음이 뒤를 이었다. 룸메와 나는 서로를 쳐다보았다.

-띠띠 띠 띠 띠띠

곧 다시 도어락이 눌렸다. 도어락이 눌리는 일은 불가능했다. 룸메와 내가 같이 있었고, 이 공간을 공유하는 멤버는 우리가 전부였다.

-띠리리링

본분을 잊은 자물쇠가 맥없이 풀리는 소리였다. 우리의 비밀번호가 비밀이 아니라는 것은, 사.건.이.었.다. 더 생각할 틈도 없이 문이 열렸고, 세 명이 들이닥쳤다. 처음 보는 사람들이었으며 덩치가 컸다. 끼기 꽤 큰 룸메보다 더 큰 사람들이었다. 그런 사람들이 도어락을 누르고 들어온 상황이라면 누구라도 놀라지 않을 수 없을 것이다. 몸이 굳고, 동공이 확장되었으며, 입도 얼어 붙었다. 정신을 차리고, 룸메를 보았다. 그런데 룸메는 나처럼 놀라지 않았으며, 심지어 일어나서 그들에게 다가갔다. 본능적으로 룸메의 소매를 잡았다. 룸메는 그런 나를 지나쳤다.

'아는 사람들?'

마음이 놓임과 동시에 화가 났다. 공간 공유자가 있는데 도어락 비밀번호를 지인에게 알려주다니…….

'미리 상의했어야 하는 거 아닌가?'

그랬더라면 내가 그토록 놀라지 않았을까? 아니다. 상의했더라도 낯을 가리는 나로서는 거절했을 것이었다. 그래서 몰래 들인건가라는 생각까지 미치자 더 황당했다. 룸메가 마치 다른 사람처럼 보였다.

'이런 사람이었나?'

예의와 상식이라는 단어를 떠올렸지만, 지금은 그 생각을 깊이 할 때가 아니었다. 그들이 돌아간 다음에 차분하게 얘기를 해야겠다고 생각했다. 입장을 정리하고 나자 상황이 보였다. 룸메는 그들과 얘기를 나누고 있었다. 룸메의 손님이라면 그 입장도 있으니, 그렇다면 인사라도 하는 것이 예의일 것이다. 그들 사이로 천천히 걸어 들어갔다.

-터덕

룸메의 말이 귀에 걸리는 소리였다. 정황상 그들과 대화를 나누고 있는 게 분명한데… 달랐다. 대화라고 한다면 응당 언어로 이루어져야 할 것이다. 말이 빠른 편인 룸메임을 감안한다해도 이것은 차원이 달랐다. 무슨 말인가 하면, 룸메와 그들의 대화를,

전.혀.알.아.들.을.수.가.없.었.다.

외국어인지 외계어인지 알 수 없는 이상한 언어로 말하고 있었다. 우리의 언어를 사용하고 있지 않았다. 이마의 정중앙에 망치를 얻어맞은 것 같았고, 눈이 잘 보이지 않기 시작했다. 곧 어지러워지기 시작했다. 이런 식이라면……, 예전처럼 과호흡이 올 수도 있다.

지금의 룸메를 만나기 전, 나는 병원에 꽤 오래 있었다. 폐소공포증 진단과 더불어 공황장애에 대해서도 설명을 들었다. 그때의 나는 지금보다 더 작고, 더 약했다. 나를 오래 돌본 의사는 트라우마에 대해 얘기했다. 정확히 기억할 수 없지만 대략 이러했다.

"아무래도 부모와의 결별은 몸과 마음에 큰 파장을 일으킬 수 밖에 없죠. 타고난 성정이 독립적이라고 해도 생명이라면 당연히 받아야 할 온전한 돌봄을 못 받았으니까요."

룸메와 함께 생활한 이후로는 의사를 찾아갈 일이 없었다. 그런데 1년 만에 처음으로 위태로움을 느꼈다. 그때처럼 다시 병원에 있고 싶지는 않았다. 그러니 과호흡으로 다시 쓰러져서는 안 되었다. 어떻게든 정신을 차려야, 호흡을 가다듬어야 했다. 가까스로 그들 사이에서 빠져나와 소파로 돌아갔다. 불안과 당황이 몸을 뻣뻣하게 했다. 다행히 그들은 나를 내버려 두었다. 그렇다고 해서 안심할 수는 없었다. 언어가 통하지 않는다는 것은 생각보다 더 공포스러운 일이었다.

"민희야."

우리 언어다. 룸메가 나를 불렀다. 그들도 일시에 나를 보았다. 눈들, 그 여섯 개의 눈들이 나를 보았다. 마주친 순간, 나는 나의 동공이 커지는 것을 실시간으로 느낄 수 있었다. 눈이 밝아지며 선명한 인식 하나를 떠올렸다.

다.른.개.체.

눈을 통해 파악한 것이므로 확실한 인식이라 볼 수 있다. 경험상, 눈은 많은 것을 담고 있고, 눈빛을 교환하면 상대와 관계의 정도를 결정할 수 있다. 따라서 늘 응시를 중시하는 편이다. 이번 경우에도 일반 사람들이었다면 그들이 룸메와 닮았다고 착각할 수 있다. 그러나 전혀 달랐다. 그들의 눈에는 지구의 생명체가 갖고 있는 빛이 없었다. 그 눈들은 보고 있지만, 아무것도 보지 않았다. 그들은 나를 보고 있었지만, 눈동자에는 내가 없었다. 그들의 눈동자는 비어 있었다. 온몸의 털이 바싹 곤두서는 것을 느꼈다.

"민희야."

 룸메가 다시 나를 부르며 소파로 다가왔다.

"으미니이아."

 그들이 룸메의 발음을 흉내내며 나에게 다가왔다. 흉내 내는 목소리가 섬찟했다. 그들은 층간 소음을 유발할 만큼 묵직하게 걸었다. 쿵쿵거리는 걸음들은 한 발 한 발 내 심장을 가격했다. 그들이 나를 에워쌌으므로 장면상으로는 포위된 꼴이었다.

"으미니이아"

 이 발음은 셋 중에서 가장 큰 사람-사람인지 아닌지 알 수 없지만 일단은 사람으로 칭할 수 밖에 없다-의 것이었으며. 그는 검은 얼굴과 두툼한 눈에 흙빛의 입술을 지녔다.

"어미니으여"

이 발음은 셋 중에서 가장 작은 사람-이 사람은 룸메보다 작았다-의 것이었으며 룸메랑 닮아보였다. 그러나 흰 가면을 쓴 것 같이 부자연스러운데다 얼굴 근육이 굳어 있었다. 가늘게 뜬 눈에 붉은 입술이 특징이었다.

"흐미니아"

이 소리는 나머지 한 사람의 것이었다. 두툼한 눈에 붉은 입술을 지녔다. 그들은 각각 다른 발음으로 나를 불렀으며 그 소리는 소름끼치도록 공포스러웠다. 다시 온몸의 털이 곤두서서 당장이라도 공황 상태로 들어갈 것 같았다. 눈동자도 멈출 만큼 미동도 하지 못했다.

그들은 나를 에워싸서 가둔 채, 다시 그들만의 언어로 얘기했다. 차라리 알아듣지 못하는 그들의 언어는 참을 만했다. 대화 과정에서 나를 지칭하는 것으로 짐작되는 단어가 들릴 때는 끔찍함까지 느껴야 했다. 심장이 따끔하며 철렁 내려 앉았고, 그때마다 온몸이 움찔거렸다.

"흐미니아"

두툼한 눈에 붉은 입술이 부르는 소리였다. 갑자기 공기가 달라졌다. 느끼자마자 그들이 다시 일제히 나를 쳐다보았다. 다시 나의 동공도 확장되었다. 두툼한 눈에 붉은 입술이 손가락을 내밀었다. 길고 가늘었다. 그 손가락들은 눈 앞에서 쉴 새 없이 움직였다. 직감적으로 알았다.

'여기서 벗어나야 해.'

어찌 된 일인지 눈을 뗄 수가 없었다. '위험해. 몸을 움직여.' 몸은 위험을 감지하는 속삭임을 듣지 못한 채 내 눈에 정복당했다. 내 눈은 손가락에 정복당했다. 그건 더 이상 손가락이 아니었다. 몇 개가 겹쳐져 무한대 기호를 그리며 날아다녔다. 내 뇌는 기호들에 정복당했다. 그들이 나를 점령하고 있었다.

-휙휙

바람을 가르는 소리가 났다. 청각은 아직 살아있었다.

-끼이익

소름끼치는 소음이었다. 아니, 청각도 지배당한 것일까. 얼마 지나지 않아 갈라지는 소리와 함께 주변 공간이 급속도로 휘기 시작했다. 나와 룸메의 쾌적한 공간이 무참하게 구부러지는데 불과 몇 초도 걸리지 않았다. 공간은 어지럽게 회전했다. 지구 내부에 심각한 문제가 생긴 게 분명하다. 그렇지 않고서야 이렇게 공간을 비틀 수는 없을 것이었다. 고작 가느다란 손가락이었다. 그것 따위에 무너질 공간이었다니, 한.탄.할.여.유.가.없.었.다.

 공간이 휘는 속도는 걷잡을 수 없이 빨랐고, 휘어진 공간은 나의 룸메를 나와 가장 먼 곳에 배치했다. 애를 써도 닿지 않는 곳이었다. 룸메의 얼굴도 공간에 맞게 일그러졌다. 그것은 내가 알던 룸메가 아닌 그들을 닮은 얼굴이었다. 무서운 만큼 동시에 외로워졌다. 그러나 그 감정 역시 오래 둘 수 없었다. 이 상황을 일으킨 그들이 있었다. 그들은 그들의 얼굴과 손가락과 발과 머리카락을 마치 가위로 오린 듯이 분리했다. 공간 때문에 일어난 착시인지, 그들이 자신을 분리했는지 확실히 파악할 수는 없었다. 주변이 구부러짐과 회전을 계속하고 있었기때문에 나의 인지는 기능을 상실했으며 곧 무력해졌다.

 그러나 하나는 확실했다. 그들이 끊임없이 나를 공격한다는 것, 그것만은 확실히 알 수 있었다. 여기저기 조각난 신체들이 산발적으로 공격했다. 그들의 잘린 신체보다 더 소름 끼치는 것은 웃음소리였다. 나를 향해 끊임없이 웃고 있었다. 심지어 그들의 빈 눈들까지 빛을 쏘며 웃어 젖히고 있었다. 처음 보았을 때 속을 알 수 없는 이질적인 눈이었다면 지금은 진정한 기쁨을 맛본 자들의 것이었다. 그 눈빛은 충만함과 만족스러움을 한껏 담아내고 있었다. 그렇다면 그들은,

몬.스.터.

 몬스터임이 확실하다. 타인의 공간을 파괴하고, 관계를 어지럽히며 그것을 통해 도파민을 형성하는 괴물이었다. 그들이 누구이고, 어떤 연유로 룸메가 그들에게 도어락의 비밀번호를 알려주었으며, 왜 그들을 환대하는지 알아내는 것은 중요하지 않다. 그런 생각 자체가 사치일 뿐이었다. 그들에 대해 판단을 유보했던 시간은 이제 끝났다. 확실한 것은, 내가 그들을 여기서 내보내야 한다는 것이었다. 그리고 나는 내 공간을, 룸메를 그리고 우리의 평화를 지켜야 한다. 그렇다면 오직 비장해져야 할 시간이었다. 하지만 그것을 깨달았을 때, 심하게 휘어진 소파 뒤쪽으로 빨려 들어가는 중이었다. 그러나 비장함이 무색하게 속수무책으로 기억까지 잃었다.
 다시 정신을 차렸을 때는 침대에 엎드려 있는 상태였다. 좀 전의 상황이 꿈이라는 듯 방 안은 모두 제자리로 돌아와 있었다. 하지만 내 몸의 상태는 모두 현실이었음을 말해주고 있었다. 기억이

뚜렷하지 않지만, 근육통이 상당했으며 고개를 들어 자세를 바꿀 힘조차 없었다. 시간을 확인하고 싶었지만, 그러기엔 통증이 너무 심했다. 사실 통증보다 두려움이 더 컸다. 불안과 통증이 궁금함을 봉쇄했다. 암막 커텐이 커텐 고리에 묶여 있고, 창문을 통과하는 햇볕이 순해진 것으로 보아 시간이 꽤 흘렀음은 알 수 있었다. 사방이 조용했다. 큰 방의 열린 문 사이로 집안 곳곳의 소음이 음파처럼 찌릿거리며 새어 들어오고 있었다. 냉장고 돌아가는 소리가 울리다가 멈췄다. 생활 소음이 멈추자 더욱 적막해졌다. 그들은 물론, 룸메의 소리도 나지 않았다. 폭풍이 일기 전의 고요함이 이런 것일까? 생각을 정리해야 했으므로 쥐 죽은 듯한 자세를 유지하기로 했다. 무슨 일이 일어난 것인가. 룸메에게 무슨 일이 생긴 것인가? 룸메는, 룸메는……. 누구인가? 생각해 보니……. 그들이 룸메와 닮았다는 건 룸메도 그들과 비슷한 개체라는 의미였다.

'생각해 보니…….'

   그들처럼 룸메도 나와 매우 달랐다.

'생각해 보니…….'

   그저 나는 그것이 나와 다른 생활 습성이라고 여겼다. 나는 혼자 있는 시간이 여덟 시간 이상 필요했다. 그러나 룸메는 가끔씩 작은 방-작업실이라고 불렀다-에 들어가서 한 시간 정도를 보내는 것 외에는 늘 같이 있으려고 하는 사람이었다. 잠도 공유 공간인 큰 방에서 주로 잤다. 나와 달리 공간의 벽을 허물고 자유롭게 넘나드는 편이었다. 그래도 그것이 무례하거나 불쾌하게 느껴지지는 않았다. 룸메는 시끄럽지 않았고, 또한 나에게 본인의 방식을 강요하는 존재도 아니었다. 함께 있을 때 압박감 없이 자연스러운 사람이었으므로 그녀의 허물 없음을 눈 감아줄 수 있었다. 나도 큰 방에서 자곤 했으니 공간에 있어 칼같이 선을 긋기는 모호했다. 그리고 아주 가끔은 룸메와 함께 자는 잠에 포근함을 느끼기도 했다.

'룸메는 누구인가'
'룸메가 끌어들였나'
'룸메도 몬스터인가'
'룸메에게 어떤 과거가 있었나'

룸메에 관한 생각만으로도 채널이 여러 개 돌고 있었다. 마침표를 찍지 못한 문장들이 머릿속에서 뒤섞여 굴러 다녔다. 마침표가 없으면 생각을 멈출 수 없고, 마침표가 없으면 의심과 불안이 증폭될 것이다. 완전히 공황 상태의 징후였다. 채널을 닫아야 한다.

마침표를 찍을 수 없더라도 생각의 채널은 닫아야 했다. 어서. 너무 늦기 전에. 간절한 그 순간, 다른 조사가 붙었다.

'룸메와······.'

 우리에겐 함께 한 시간이 있었다.

'생각해 보니······.'

 룸메와 함께 한 그 시간은 실제였고, 우리는 여러 번 신뢰를 확인했다.

'룸메를······.'

 그러나 곧 다른 채널이 가동되었다. 물음표와 말줄임표와 그리고 느낌표로 이어졌다가 다시 물음표로 이어졌다. 몬스터의 침공 속에서 이해할 수 없는 행동을 한 룸메를 무엇으로 간주할 것인가. 적인가? 적은 아닌가? 친구인가? 친구는 아닌가?

 -띠띠 띠 띠 띠띠

도어락이 다시 눌렸다. 머리털이 곤두섰다. 룸메에 대한, 룸메와 나의 관계는 무엇인가에 대한 생각 채널도 통일하지 못했는데 이제 몬스터들을 다시 상대해야 했다. 숨어야 할까, 물리쳐야 할까도 아직 결정하지 못했다.

'생각해 보니…….'

아직 그들에게 한 마디도 못했다.

'생각해 보니…….'

그들의 언어와 발자국이 들렸다. 그들이 들어오고 있었다. 질문이든 저항이든 무엇이라도 나의 목소리를 내야 한다.

'너희들은 누구?'
'너희들은 왜?'
'너희들은 어떻게?'

많은 질문들이 사방에서 튀어나와 어지러웠다. 이런 경우, 동공이 풀리고 몸과 머리가 모두 멈출 것이다. 여러 생각들을 하다가 과호흡이 오면 내 행동을 제어할 수 없을 것이며, 그들의 침공에 제대로 된 대응도 하지 못할 것이었다. 혹시나 다시 공황 상태에 빠질 수 있기 때문에 그 전에 반드시 해야만 하는 적절한 한 마디를 결정해야 했다. 정리를 서둘러야 했다. 감당할 수 있는 문장은 한 마디 정도밖에 되지 않을 것이다.

'한 마디.'
'생각을······.'
'딱.'

   나는 온 몸을 잔뜩 웅크린 채로 집중했다. 눈도 깜빡거리지 않았고 한 곳만을 응시하며 생각했다.

"으미니이이야."

   소리가 점점 더 가까워지고 있었다. 나는 조금 더 몸을 단단하게 움츠렸다.

"어미니으여"

   결정을 할 때이다. 갑자기 내 일상을 침공한 그들을 향해 날릴 적절한, 그 한마디를 떠올려야 한다. 그때, 두툼한 눈에 붉은 입술과 눈이 마주쳤다. 나의 동공이 확장되었다. 그가 다가왔다. 다시 온몸의 털이 곤두섰다. 그가 무례하게 나를 불렀다.

"흐미니아"

두툼한 눈에 붉은 입술이 자신의 손을 올리며 압박해 왔다. 나는 본능적으로 내 목덜미를 낚아채서 제압하려는 손짓임을 알았다. 더 이상 미룰 수 없다. 아, 결정했다. 나는 결정한 소리를 쏟으며, 두툼한 눈에 붉은 입술을 향해 몸을 날렸다.

니
야

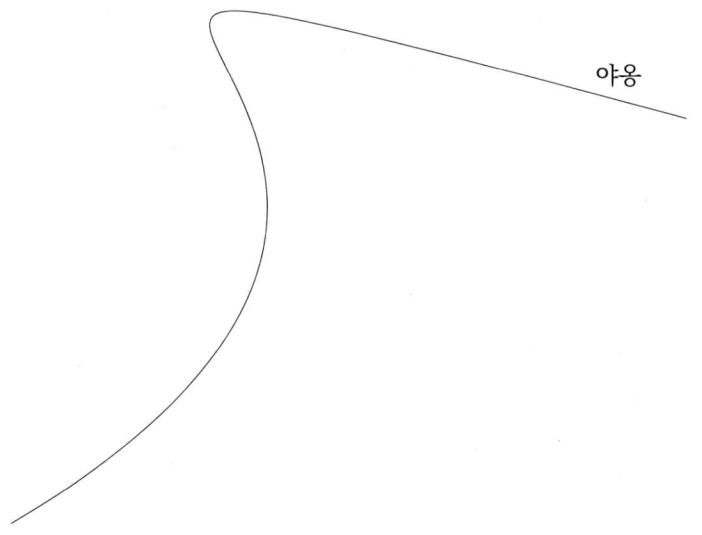

거스러미와 마시멜로

―증상에는 원인이 있다.

한 문장을 작성했다. 고작 이 아홉 글자를 써내는 데에 두 번의 마시멜로를 겪어야 했다. 연선은 한글 화면을 그대로 두고 인터넷 브라우저를 열어 '마멜탈'로 들어갔다. '마멜탈'은 마시멜로 증후군 탈출기의 준말로 마시멜로 증후군을 극복한 사람들이 만든 인터넷 카페였다. 탈출자 중 '유리'님 후기에 따르면 연선이 쓴 문장은 성과가 있는 것이라 볼 수 있었다. '유리'님이 작성한 문장과는 다르지만 대입해서 생각해 볼 여지가 있었다. 연선은 다시 한글로 돌아왔다.

―증상에는 원인이 있다. 나는 마시멜로에 갇혀 있다.

열 한 글자를 단숨에 작성했다. 마시멜로가 시작되지 않았다.

-타다다다

연선의 손가락이 다급하게 움직였다.

―증상에는 원인이 있다. 나는 마시멜로에 갇혀 있다. 처음 시작된 것은

커서는 깜박이며 다음 타격을 기다렸지만 손가락은 더 이상 키보드 위를 더듬거리지 않았다. 10분 후에는 화면보호기가 작동되었으며 커서는 미궁에 빠졌다. 연선의 머리 위로 가느다란 연기가 피어오르고 있었다. 공장 굴뚝 연기만큼 분량이 늘었다가 뭉게구름으로 바뀌었다. 곧 솜뭉치 재질로 변할 것이다.

기체에서 고체로 변하는 이 과정에서 연선은 항상 어지러움을 느꼈다. 어지러움은 마취약이 주입될 때 느껴지는 뒷골의 알싸함 같은 것이었는데 지나고 나면 바로 아득해졌다. 다리 주변의 솜뭉치부터 마시멜로로 변했다. 엄청난 속도로 무럭무럭 불어났으므로 연선을 비롯한 연선의 공간은 원형을 잃었다. 마시멜로 사이에

갇혀 자신을 잃으면 마비 혹은 마취상태에 이르렀다. 마시멜로의 시간이 흘렀다. 대신 연선의 시간은 잘라내기가 되었다.

"연선. 연선."

 피시시식 소리를 내며 마시멜로가 녹기 시작했다.

-띵동 띵동

"연선아. 연선. 연선아. 문 좀 열어봐."

 마시멜로는 언제 연선을 조였냐는 듯 가볍게 날아갔고, 연선의 시간이 재개되었다. 연선은 절뚝거리며 문으로 걸어갔다. 마시멜로가 잘라 낸 빈 시간은 불균형을 만들었고, 그래서인지 몇 분 동안은 걸음이 불안정했다. 문을 열자 현희가 쏟아지듯 들이닥쳤다.

"야. 너 어떻게 된 거야? 전화도 안 되고, 깜짝 놀랐잖아."

 현희는 신발을 벗기도 전에 연선의 등부터 때리며 말했다.

"어?" 어리둥절한 채로 현희에게 반응했다.

"야. 너 나랑 만나기로 했잖아. 취업박람회 같이 가기로 한 거 생각 안 나?"
"아."

연선은 자신이 마시멜로 안에 꽤 오래 있었음을 알아챘다.

"미안……내가 깜박했나 봐."
"야아."

현희는 어이가 없으면서도 연선이 걱정되기도 했다.

"너 요즘 좀 이상해. 연선. 카페 일, 많이 힘들어?"
"아, 아니야. 괜찮아."
"생각 많이 하지 말고 해. 아니면 다른 아르바이트 해. 어차피 또 취업 준비도 본격적으로 해야 하잖아."
"아니야. 현희야. 나 진짜, 진짜 괜찮아."

현희는 고등학교부터 대학까지 함께 지낸 친구였다. 고등학교 때는 상위권 학생만 따로 관리해 주는 면학실에서 얼굴만 아는 사이였지만, 울산을 떠나 서울로 대학을 같이 오며 자매같은 사이가 되었다. 게다가 대학교 4학년 때 상반기 채용, 하반기 채용에서 연선이 모두 실패할 때, 현희도 같이 실패했으므로 여러모로 서로에게 의지가 되는 면이 많았다.

　졸업 전 취업 실패는 쓰라렸다. 하지만 좌절까지 할 만큼은 아니었다. 남들이 명문대라고 부르는 대학에서 높은 학점을 유지해 왔고, 본격적으로 준비한다면 다음 상반기 채용에는 반드시 될 것이었다. 연선은 성공적인 상반기 채용을 위해 완벽하게 준비했다. 미흡한 부분을 조금도 찾아내기 어려울 만큼 완벽했다. 탄탄한 과거가 받쳐주고 있었고, 충실한 현재를 그려가고 있었으며, 발전적인 미래를 지향하고 있었다. 그렇다면, 어찌 '탈락'이 연관검색어가 될 수 있겠는가. 될 수 없었다. 연선의 합격은 당연했고, 그렇게 믿었다. 합격자 발표 당일, 상투적인 메시지를 받을 때까지는.

―귀하의 뛰어난 역량에도 불구하고…….

　연선이 탈락한 그 날, 현희가 아르바이트를 권유했다. 글로벌 기업으로 운영되는 카페로 현희는 졸업 전부터 일하고 있었다. 연선에게도 익숙한 곳이었다. 시간 조절도 쉽고, 4대 보험도 되고, 수당도 있고 혜택도 있어서 웬만한 아르바이트보다는 나을 것이고 그래야 엄마에게도 덜 미안할 것이고, 무엇보다 몸을 써야지만 잡생각이 사라질 것이라는 것이 현희가 제시한 현실적 처방이었다. '연선, 따로 더 잘하려고 할 건 없어. 생각 없어지는 데 딱이야. 레시피대로만 조제하면 되고, 매뉴얼대로만 응대하면 돼. 매뉴얼대로.' 결정적으로 현희가 한 이 말에 연선은 주저하지 않고 지원서를 작성했다.

 다른 것도 아니고 취업박람회를 잊을 연선이 아니었다. 걱정되서 자고 가겠다는 현희를 달래서 보내고 난 후, 다시 노트북 앞에 앉았다. 지금으로서는 '마멜탈'에서 제시한 방법을 최선을 다해 해보는 수밖에 없었다. 더 많은 시간이 잘려 나가기 전에, 그리고 잘려 나간 시간이 모두 삭제되기 전에.

 '첫 마시멜로, 대용량 마시멜로를 복기하라. 처음 시작된 날이라……'

 카페 매장 화장실이었다. 가장 먼저 시작된 공간은. 카페에 들어서면 연선은 제니가 되었다. 카페는 미국을 본점으로 시작해서인지 직급, 혹은 나이와 상관없이 스스로가 결정한 별명이 호칭이 되었다. 연선은 제니였다. 스텔라는 제니보다 세 살 어렸고, 경력 1년이 넘어가는 바리스타였다. 3주 전 제니가 처음으로 입사했을 때, 스텔라가 제니의 사수였다. 매장 업무는 레시피와 매뉴얼이 중요한 일이었으므로 사수에게 직접 배울 것은 많지 않았다. 그래도 물어볼 사람이 정해져 있다는 건 안심이 되는 일이었다. 그러나 반가운 그 마음은, 잠깐이었다. 사흘도 지나지 않아 스텔라의 말이 반가움보다는 거슬림이 되었기 때문이었다.

"그렇지. 그게 맞지."

제니가 레시피를 복기하며 복잡한 음료를 제조하고 있을 때, 스텔라가 다가오면서 한 말이었다. 스텔라가 가르쳐주고 제니가 만드는 상황이 아니었다. 제니 혼자 만들고 있었다. 그러나 그 발언은 제니의 성과물-성과물이랄 것도 없는 음료제조-을 자연스럽게 본인의 공, 본인의 지도력으로 만드는 것 같은 느낌이 들었다. 게다가 스텔라의 반말까지 걸려 쉽게 내려가지 않았다. 아침에 먹은 30% 직원 할인가 샌드위치가 고스란히 얹혔다.

'별 것도 아닌 말인데, 체하기까지……'

취업에 실패하더니 자격지심까지 생긴 것일까? 제니는 스텔라를 향해서라기보다는 자신에 대해 속상했다. 이후 '인격 수양이 필요한 시간'이라는 유튜브 채널에서 철학 강의를 켜놓고 잠들기도 했고, 아침에는 요가를 하며 숨을 골랐다. 효과가 있었다. 수양이 필요한 시점이었던 것이다. 제니에게 스텔라의 말과 스텔라라는 존재가 걸리적거리지 않고 흘러흘러 나갔다. 일상을 유지하며 제니의 하루하루도 부지런히 흘러가던 중이었다. 이렇게 흘러서 건너면 다시 취업 준비를 할 시간에, 혹은 공간에 도달할 수도.

"제니, 인수인계할게. 포스를 맡아······."

매장문을 들어서자마자 오픈조인 스텔라가 제니를 불렀다.

"네. 옷 갈아 입고 올게요."
"네네. 제니, 입고 나오세요. 내가 좀 아파서 약 좀 먹고 있······."

탈의실에서 옷을 갈아입고 제니는 스텔라에게 포스 인수인계를 받았다.

"여기까지 일단 끊어가시고. 음······빈 속에 약을 먹었더니 속이 안 좋아서······그냥 하면 돼. 제니. 음······나머지는 별거 아니고."

매장에서 직원들은 별명을 부르지만, 서로에게 존댓말을 쓰는 분위기였다. 어린 축에 속하는 스텔라가 쓰는 반말이 다시 거슬렸다. 그러나 다르게 보면 귀여울 수도 있는 것 아닌가라며 제니는 스스로를 다그쳤다. 감정이 다른 곳으로 튀지 않도록 울타리를 쳐서 통제했다.

"스텔라. 그런데 오픈조 포스는 정리 다 하실거죠? 이것까지는 스텔라가 하셔야…….".

"네? 음……, 이거는 아침조에서 해도 되는 건데, 어머! 그런데 좀 기분 나쁘네요. 지금 저한테 이거 다 하라고 하는 건가요?"

 스텔라가 단호한 존댓말과 의문문을 사용하여 말했다.

"네?"

 제니는 순간적으로 자신이 물의를 일으킨 것인가 싶어서 당황했다. '내가 해야 되는 일을 스텔라에게 무리하게 넘긴 것인가?, 내가 한 발언에 문제가 될 만한 것이 있었나?, 내가 일을 잘 못 파악하고 있는 것인가?' 스텔라의 갑작스러운 어조 변화에 대한 판단이 미처 끝나지 않았는데 스텔라가 말을 얹었다.

"그렇게 생각한다면 제가 좀 불쾌하네요. 제가 일을 안 하고 넘기기라도 하는 사람처럼 말하셔서요."
"네? 아니, 어…….".

 대꾸가 채 끝나지 않았는데 스텔라는 음료 제조 공간으로 넘어갔다. 그리고 제니는 오픈조 포스 정리를 하면서 동시에 주문을 받느라 바쁘게 손을 움직였다. 그러나 찜찜하고 끈적한 것을 묻힌 채로 일을 하는 느낌이었다. 씻고 털어버리고 싶은데 시간이 부족했다. 아무리 생각해 봐도. 오픈조 포스를 오픈조에서 정리하는 것은 당연했다. 스텔라에게, 도대체 무슨 말이냐고? 바빠도 짚고 넘어가야 했다. 뱉어내지 못했던 말들이 올라와 다시 얹혔다. 그러나 밀려드는 주문을 응대해야 했다. 헛구역질과 트림으로 말들을 눌렀다.

 오후팀 샐리에게 포스를 넘기고 음료 제조 공간으로 넘어갔다. 함께 있는 것이 불편했지만, 스텔라는 특별히 달라 보이지 않았다. 막상 아무렇지도 않아 보이는 스텔라를 보니, 제니는 괜한 옹졸함과 속좁음이었나 하는 의심에 이르렀다.

'내가 너무 과민한거야. 워워.'

 스텔라가 고의가 아니라 아파서 실수한 것을 지나치게 예민하게 받아들이는 것일 수도 있었다. 제니는 스스로에게 주문을 걸 듯 다독였다. 휘저어놓은 감정이 다시 가라앉기를 기다렸다. 문제는 스텔라와 계속 함께 해야 한다는 것이었다. 안 보이는 데에서 명상이라도 하고 왔어야 했다. 마음이 촘촘해서 거슬리는 것들이 걸러지지 않았다. 스텔라의 모든 것이 제니에게 박히고 있었다. 스텔라의 목소리에만 확성기를 댄 것처럼 증폭되어 울렸다.

"에휴……또 주문이야."
"아, 또 푸드 들어오네. 오븐이……."
"이 음료 힘드네, 내가 지금 일곱 잔째 만드는데……."
"내가 너무 아파서, 아파도 일은 해야죠…약을 먹어야겠네."

 제니는 자신도 모르게 '누가 보면 혼자 일 다하는 줄 알겠어.'라는 말이 나올 뻔 했다. 엄마가 그랬다. 누군가를 못마땅하게 여기기 시작하면 답도 없다고.

'미치겠다.'

 말하면서 일하는 사람도 있을 수 있고, 아프니까 아프다고 말할 수도 있고, 심지어 나이도 어리니까 그럴 수 있는 거 아니냐며 스텔라를 대신하여 자신에게 변명했다. 아무리 어르고 달래고 다그쳐도, 스텔라의 숨소리 하나도 그냥 흘러가지 못했다. 스텔라의 행동도, 스텔라의 냄새도 탁탁 걸려 제니의 숨구멍을 막고 있었다. 스텔라를 향한 그물이 더 촘촘해졌다. 그물은 제니의 청각과 시각 그리고 호흡까지 촘촘하게 옭아맸다. 모든 감각에 스텔라만 포착되었다.

'미치겠다. 정말.'

마시멜로가 나타난 결정적 사건은 그날, 오후에 벌어졌다.

"이거 음료가 잘못 나왔어!"

남자가 음료잔을 들고 거칠게 걸어왔다. 우리 매장에서 진상으로 이름난 손님이었는데 잘못 걸리면 고소를 당할 수도 있다며 데이브가 주의를 주었던 그 남자였다. 말 없는 데이브가 언급할 정도면 꽤 주의해야 하는 사람이라는 뜻이었다. 남자는 주문을 하려고 기다리던 다른 손님을 제치고, 포스에 있던 샐리에게 갔다. 남자가 소리를 질렀고 점장인 알렉스가 나와야 했다. 알렉스는 남자와 한참 얘기를 하고 난 후, 바리스타들을 소집했다. 그리고 클레임 상황을 브리핑했다. 남자가 우유 알러지가 있어서 두유로 바꾼 카페라테를 시켰는데 우유를 넣은 라테가 나왔고 응급실에 가야 할 수도 있다며 흥분한 상태라는 것이었다. 점장은 주문을 받은 샐리에게 먼저 확인했다.

"샐리. 주문은 맞게 들어갔어요?"
"네. 주문은 맞아요. 여기 주문서요."
"그럼, 제조는 누가 하셨죠?"

점장이 포스에 있던 샐리를 제외한 나머지 세 명에게 물었다. 그 셋은 데이브, 제니 그리고 스텔라였다.

"전 아닌데요." 데이브가 말했다.
"저도 아닙니다." 제니가 말했다. 점장은 스텔라를 보았다.
"저요? 저는 잘 몰라서……저는 아닌데…….." 하며 스텔라는 제니 쪽을 보았다.

'어머.'

제니는 스텔라의 시선이 불편했지만, 설마하는 심정으로 점장을 보았다. 점장도 스텔라를 따라 제니를 보고 있었다.

'앗.'

점장과 눈이 마주친 제니는 심장이 입 밖으로 튀어나오는 느낌이었다. 스텔라의 시선 하나로 상황이 이렇게 어이없이 될 수도 있다는 말인가. 점장은 제니에게 시선을 고정한 후, 짧은 한숨을 쉬며 말했다.

"아직 적응이 덜 되어서 잘 모를 수도 있지만……흠. 일단 오늘은 내가 해결하죠."

 들어온 지 얼마 안 되는 제니가 실수한 것으로 끝나는 분위기였다. 일이 이상하게 흐르고 있었다. 바로 잡아야 했다. 제니는 나가려는 점장을 황급히 불렀다.

"알렉스. 저 아니에요." 억울한데 눈물이 말을 막았다.
"제니. 알았어요. 스텔라." 점장은 스텔라를 불렀다.
"네." 스텔라가 점장에 답했다.
"스텔라 일이 많겠지만 제니 좀, 잘 부탁해요." 더 말을 이을 틈도 없이 점장이 홀로 나갔다.
"네. 알렉스. 걱정 마세요."

 나가는 점장 뒤로 스텔라가 말했다. 제니는 눈물이 났다. 정말 아니었다. 두유 옵션 주문서를 맹세코 본 적이 없었다.

"제니. 음, 괜찮아. 난 잘 모르지만 알렉스가 알아서 할 거라……주문서를 잘 보면 돼요."

 스텔라가 망연자실하여 울고 있는 제니에게 말했다. 하아, 눈치가 없는 건지 해맑은 건지……. 제니의 머리는 더 복잡해졌다. 이

쯤 되니 제니는 정말 자신이 주문서를 잘못 본 것인지 의심이 될 지경이었다. 제니는 무엇을 어떻게 어디서부터 생각해야 할지 단어조차 생각나지 않았다.

"아……진짜, 저……."

 말을 제대로 잇지 못할 만큼 제니는 당황했다. 그때, 휴게실을 나가려던 데이브가 갑자기 걸음을 멈췄다. 한숨을 쉬더니 다시 돌아왔다. 그리고 스텔라 앞에 섰다.

"스텔라. 내가 관여 안 하려고 했는데요."
"음……뭔데? 데이브?"

 스텔라가 말했다.

"그 주문서, 스텔라 앞에 있었어요."
"네? 무슨 말씀이시죠?"

 스텔라가 발끈하며 말했다. 제니는 뿌옇게 흐렸던 시야가 점점 밝아지는 것을 느낄 수 있었다. 데이브가 한 번 더 또박또박 말했다.

"그 두유 옵션 주문서 스텔라 앞에 있던 거, 내가 봤다구요."
"데이브! 그럼 내가 해놓고도 아닌 척 한다는 그런 말씀이세요? 그렇다면 내가 매우 불쾌하죠."

 스텔라는 단어 하나하나에 힘을 주어 똑똑하게 발음하며 말했다. 데이브는 어이가 없다는 듯 고개를 돌렸다. 그때, 점장이 다시 휴게실로 들어왔다.

"왜 아직 여기서 이러고 있어요?"

 점장이 말했다. 데이브와 제니는 동시에 스텔라를 보았다. 스텔라가 이 상황에 대해 말을 해야 한다는 의미였다. 하지만 스텔라는 아무 말도 하지 않았다. 데이브는 '참, 나.'를 뱉으며 밖으로 나갔고, 제니는 다시 스텔라를 보았다. 스텔라는 여전히 아무 말이 없었다.

"스텔라. 이게 무슨 일이죠? 데이브는 왜 그러는 거고?"

 점장이 데이브의 뒷모습과 스텔라를 번갈아 보며 말했다.

"저도 잘 몰라서……제가 무슨 권한이 있는 것도 아니고……."

스텔라가 말했다. 데이브와의 대화 때와는 달리 말끝을 흐리고 뭉갠 발음이었다. 제니는 스텔라의 대사가 이해되지 않았다. 무엇을 모른다는 것인지, 갑자기 권한은 또 어디서 나온 말인지도 알 수 없었다.

"스텔라가 고생이 많아요. 후임 바리스타들 교육하고, 일이 너무 많죠? 미안해요. 에휴, 제가 스텔라한테 빚이 많아요."

점장이 말했다. 제니는 다시 정신이 없어졌다. 정황상 확실한 것은 두유 옵션 주문서는 스텔라의 것이었다는 것이다. 불확실한 것은 스텔라의 태도였다. 스텔라가 자신의 주문서였는지 알고도 모른 척하는 것인지, 아니면 정말 몰라서 모른다고 하는 것인지 판단할 수 없었다. 제니는 스텔라의 표정을 살펴보았다. 이 정도의 분위기라면 스텔라도 자신에 대해 의심을 해보는 것이 당연했다. 본인이 착각해서 제조하지 않았을까, 아니면 본인의 시선때문에 제니가 곤란하게 된 것이 아닐까에 대해 조금이라도 의구심이 들 만도 하지 않은가? 하지만 스텔라는,

'아······.'

스텔라는 자신에 대해 우주 속 먼지만큼도 의심이 없어 보였다.

거스러미와 마시멜로

스텔라는 완벽하게 제니의 실수라고 확신해서 제니를 보았으며, 데이브가 착각해 놓고 자신에게 무례하게 대했다고 인식하고 있는 것으로 보였다. 스스로에 대한 의심이 없는 사람에게는 대화가 무의미하다는 것을 알고 있는 제니는 전의를 상실했다. 제니는 짧은 목례로 휴게실을 나왔고, 데이브는 다음 날로 다른 매장으로 전출을 신청했다.

며칠 뒤, 현희에게 전화가 왔다.

"연선. 너네 매장에 있던 데이브 알아?"
"응. 데이브 알지? 넌 어떻게 알아?"
"그 사람 우리 매장에 온대."
"아. 그래?"
"그 사람 엄청 이상하다며? 많이 그래?"
"응? 아니 그게 무슨 말이야?"
"우리 매장에 있는 샤론이 너희 매장에 친한 친구가 있대. 스……뭐였는데. 하여튼. 그 사람 말이 데이브가 좀 성격에 문제가 있다던데. 욱하기도 하고, 집안이 어렵고 그렇기도 해서 그런가? 음침하고 하여튼 소문이 안 좋아."
"말도 안 돼. 아니야."
"아니야? 그럼 다행인데. 우리 매장 사람들은 엄청 긴장 중이야.

왜 하필 우리냐고…….."

 다음 날 출근한 제니는 스텔라에게 인사를 하지 않았다. 말이 나오지 않았다. 외면하고 제니는 제니의 일만 했다. 그리고 화장실로 가는 도중에 휴게실에서 스텔라의 목소리를 들었다.

"저는 잘 모르지만, 데이브가 좀 안쓰럽기도……."
"또 다른 사람 걱정만 하시네요. 괜히 스텔라가 당해 놓구요."

 스텔라와 점장이 데이브에 대해 얘기를 나누고 있었다. 제니는 들어서는 안 될 말을 들은 것처럼 화장실에 숨었다. 듣는 것만으로도 숨이 막혔다. 볼일을 보는 것도 잊었다. 스텔라는 정말로 데이브가 본인의 개인적인 문제가 있어서 스텔라에게 화풀이를 했다고 생각하는 것일까? 점장은 정신적 문제가 있는 데이브가 현명하고 착한 스텔라에게 난동을 부렸다고 생각하는 것일까? 그리고 스텔라와 점장은 둘 다 그 두유 옵션 주문서를 제니가 받았다고 확신하는 것일까? 무섭도록 확신하는 둘을 보니 제니도 자신의 확신에 금이 가기 시작했다. 이럴만한 크기의 사건은 아니었다. 횡령도 아니고, 불륜도 아니고, 폭행이나 마약도 아닌 그냥 누가 두유 대신 우유를 넣었는가에 대한 이슈는 매장에서 일어날 수 있는 사건 중에서도 경미한, 그야말로 아무것도 아닌 사건이었다.

두유 옵션 주문서 관련 사건 이후, 벌어진 상황은 다음과 같다. 데이브는 부정적인 소문을 꼬리표로 달고 다른 매장으로 전출을 갔으며, 제니는 실수가 많은 초보 바리스타라고 인식되어 그 시선들에 증명하는 느낌으로 대응하며 일해야만 했고, 스텔라는,

'그러고 보니 스텔라는?'

본인의 업무도 잘할 뿐더러 후배 바리스타 교육에도 헌신적이고, 문제가 있는 직원까지도 포용하는 훌륭한 사람이 되어 있었다. 누가, 무엇이, 누구의 말이, 누구의 생각이 맞는 것인지 뒤죽박죽인 채로 제니는 화장실 문에 기대어 서 있었다. 그때 처음으로 마시멜로를 맞이했다. 마시멜로는 화장실 한 칸을 담뿍 채우며 무럭무럭 자라났다. 마시멜로에 파묻혔고 곧 간했다. 다행히 바리스타 한 명이 자리를 비우면 금방 티가 날 수밖에 없는 업무 구조였다. 샐리가 제니를 발견하기까지 10분이 채 걸리지 않았다.

"제니, 제니, 여기 있어요?"

샐리의 목소리가 들리자, 피시시시 바람 빠지는 소리가 났다. 서서히 마시멜로가 사라졌다. 제니는 화장실 문을 열고 절룩이며 업무장으로 복귀했다. 몇 번의 마시멜로가 지나갔다. 하지만 잠깐씩

의 시간들이었고, 그 정도의 시간은 삭제되어도 괜찮았다. 무념무상할 수 있는 그 시간들이 가끔은 기다려지기도 했다.

"안녕하세요."

 연선이 매장에 들어서자 스텔라가 명랑하게 인사했다. 스텔라는 어떻게 이런 인사가 가능한 것인가. 스텔라의 목소리를 듣자마자 머릿속이 하얘졌다. 동시에 제니가 응답해야 할 소리들이 의식 밑바닥으로 기어들어갔다. 두 글자를 간신히 끌어올렸다.

"아, 네."
"내가……주말……"

 스텔라가 말끝을 흐렸다. 끝맺지 않은 말에 대해 제니는 되묻지 않았다. 스텔라도 말을 더 잇는 성의를 보이지 않았다. 그러나 스텔라가 말한 겨우 네 글자는 제니의 위장에 차곡차곡 쌓여 얹혔다. 다행히 음료를 만드는 일이 평정심에 도움을 주었다. 정확한 레시피로 커피가 채워지고, 라테가 만들어지고, 요거트와 절인 과일, 과일즙으로 만들어지는 형형색색의 음료들은 유튜브 쇼츠를 보듯 중독성이 있었다. 다른 생각이 들어갈 틈이 없었다. 효과가 있었다. 작은 트림과 더불어 소화가 되었다. 두 시간 동안 제니는

거스러미와 마시멜로

필요한 동작들만 반복했다. 근무시간을 채우고 브레이크 타임에 휴게실로 갔다. 그런데 스텔라가 따라 들어 왔다.

"제니. 말할 게 있어요."
"네. 말씀하세요."
"이번 달 주말 근무 말이에요. 제니가 좀 해야 할 것 같아요."
"네? 저는 이번 달 주말…근무는 스텔라 아니에요?"
"난 잘 모르는데 알렉스가 그러라 하네요. 내가 무슨 권한이 있는 것도 아니고. 알렉스가 그러라 하니까."
"네? 그런……"
"점장이 그러라니까. 미안해요."

 무슨 말을 해야 할지 대사를 찾을 수 없었다. 누구를 향해 말해야 할지에 대해서도 답을 알아낼 수 없었다. 점장인가? 스텔라인가? 아니면 제니 본인이 뭔가 행동을 잘못해서 이런 어이없는 얘기를 듣는 것인가? 방향을 잃은 분노와 당황을 감당하지 못한 채 제니는 멍하게 서 있었다. 제니가 답을 하지 않았음에도 스텔라는 "고생해요."라는 말을 남기고 휴게실을 나갔다. 고생이라니. 주말 근무에 대한 말인가, 으레 하는 인사말인가, 아니면 본인은 할 말을 했으니 혼자 마음 정리하라는 고생인가?
 꼼짝도 하지 않고 선 채로 상황을 돌아 보았다. 표면적으로 보면 스텔라는 절차를 지키며 필요한 내용을 말했다고 볼 수 있었다. 업무시간이 바뀌는 것을 미리 얘기해서 준비하게 했고, 점장의 명령이라는 권위도 제시했으며, 미안하다는 말과 고생하라는 격려까지 모든 과정을 거쳤다.

여전히 기분이 나빴다. 기분이나 상황은 알아서 수습해야 하는 것인가. 절차만 있으면 되는, 나머지는 아무래도 상관없는, 그래도 되는 사람인 것인가. 어떤 사람인지는 모르겠지만, 이것은 어떤 취급을 받는 느낌이었으며, 혹은 어떠한 취급도 못 받는 느낌이었다. 크게 잃은 것은 없지만, 중요한 것을 뺏긴 느낌이었다. 스텔라와의 대화에서 제니의 중요한 무엇이 잘려나간 것만은 분명했다.

'무엇을 잃어버린 것인가? 무엇을 빼앗긴 것인가?'

제니는 숨을 고르며 휴게실에서 짧은 요가를 진행했다. 마시멜로는 나타나지 않았다. 하지만 스텔라가 말한 주말 근무가 지난 다음 날, 그 월요일에 대용량 마시멜로가 나타났다. 연선의 하루가 통째로 삭제되었다. 대용량 마시멜로가 녹자마자, 연선은 '마멜탈'에 가입했다. 몇 개의 검색어만으로 연선은 자신이 마시멜로 증후군에 갇혔다는 것을 알 수 있었다. '기억상실, 마비, 연기, 구름, 솜, 말랑하지만 건조한 것에 갇힌'을 채 다 작성하기도 전에

거스러미와 마시멜로

글자가 등장했다.

—마시멜로 증후군

:개요 및 원인 - 의학적으로 확인되지 않은 증상. 2020년 이후 생긴 *신조어로 순간적으로 마시멜로에 갇힌 상태를 말한다. 의학계에서는 마시멜로 증후군이라는 병명을 인정하지 않고, 증상을 나누어 진단하고 있다. 초기에는 짧은 기억상실이 간헐적으로 발생한다. 차츰 기억상실이 진행되는 시간이 길어지다가 최대 24시간을 넘긴 사례도 있다. 기억상실과 동반하는 것은 마비 증상이다. 발생한 자세 그대로 유지하는 특징을 가지고 있다. 기립, 보행, 착석 등의 자세에서 발생하여 마비되기도 한다. 감정 장애 질환으로 아직 명확한 원인은 밝혀지지 않았으나, 현재로서는 스트레스 요인, 혈관성 질환, 유전적 요인 등을 가장 큰 원인으로 보고 있다.

:치료 및 예방 - 마비 증상을 완화하는 뇌혈관 치료제를 사용했으나 예후가 좋지 않았음이 보고되어 있다. 다발성 인지기능 장애 치료로 접근하여 신경인지 기능활성제인 콜린성약제, NMDA 수용체 차단제를 사용했으나 효과는 의학적으로 보고된 바 없으며 다양한 약물에 대한 연구가 진행 중이다. 항우울제나 항정신병약물을 사용하기도 한다. 예방으로는 생활 습관 개선 및 스트레스 요인 제거등이 있다.

* 마멜탈 인터넷 카페에서 처음 사용했다. 마멜탈은 마시멜로증후군 탈출기의 준말로 증상을 공유하고 탈출 팁을 공유하고 있다. 의학계에서는 카페의 치료법을 인정하지 않고 있으나, 연구할 가치는 있다는 관점으로 접근하고 있다. 2022년 이후 최근 회원수가 급증하고 있다. 운영진 '신의손'은 마시멜로 증후군을 최초로 극복한 사람으로 알려져 있다. 탈출팁으로 다음과 같이 제시하고 있다. '특정 생각이 들면 전체를 압도한다. 마시멜로를 일으키는 특정 생각은 개인마다 다르게 나타난다. 신의손이 극복한 관통하는 키워드를 제시할 수는 있으나, 이것을 아는 것이 오히려 편견이 되어 탈출을 늦출 수 있다. 앞서 말했듯이 개인마다 양상이 다르게 나타나기 때문이다. 중요한 것은 발생한 집단에서 스스로 키워드를 찾아내야 한다.'

연선의 마시멜로는 스텔라에서 비롯하였지만, 스텔라가 키워드는 아니었다. 그래도 스텔라의 무엇이 혹은 스텔라와 제니 사이의 무엇이 키워드가 됨은 확실해 보였다. 스텔라 곁을 떠날 수도 없고, 있을 수도 없었다. 마시멜로는 점점 자주, 길게 나타났다.

"신경쇠약이야. 연선. 너 이러다가 큰일 나."

현희는 연선을 데리고 라오스를 여행했다. 매장을 쉴 수 없다고 고집을 부렸으나, 현희는 연선의 엄마에게 전화해서 연선의 상태를 말하겠다고 협박했다. 결국 휴가를 내고 여행을 떠났다. 여행하는 동안 마시멜로는 한 번도 나타나지 않았다. 현희의 말대로 정말 신경쇠약이었던 것일까? 일주일 후, 비엔티안에서 인천공항 행 비행기를 탔다. 저가항공은 좁고 낡았다. 그러나 탑승 전 마신 와인 한 잔과 좋았던 라오스 사람들에 대한 기억에 연선과 현희는 너그럽게 수용할 수 있었다. 3-3-3배열로 배치된 좌석에서 현희가 창가에 앉고, 연선은 가운데 좌석에서 밤 비행을 준비했다.

"의식을 잃을 수준이 아니면 잠자기 어려울 것 같아."

현희가 태블릿에 다운받아 놓은 영화를 틀며 말했다. 비행기는 서서히 이륙을 시작했다. 승무원들이 좌석을 직각으로 세워놓으며 돌아다니고 있었다. 그 순간 연신이 자신에게 찾아온 행운을 알아챘다.

"현희야. 내 옆자리 비었어. 와. 풀부킹이 아닌가봐."
"야. 연선. 연선 너 운이 있다. 옆으로 좀 기대도 되겠다. 얼른 누워. 누워."
"잠깐……그래도 혹시 누가 올지 모르니까."

설레는 심정을 누르며 망설이고 있었는데, 멀리서 남자의 목소리가 들렸다.

"저기 빈 자리 있다. 형님. 저기 앉으셔."

 현희와 연선은 동시에 고개를 들었다. 키가 작은 60대 정도의 남자였다. 남자는 연선의 자리와 한참 떨어진 곳에 서서 말하고 있었다. 비행기가 본격적으로 이륙하고 있었고, 승무원은 다급하게 남자에게 앉으라고 말했다. 남자는 승무원의 지시에 대답도, 응답도 하지 않았다. 못 들을 상황이 아니었음에도 못 들은 것일까라는 생각이 들 만큼, 선 채로 자신의 왼쪽 옆자리 사람에게 말했다.

"형님. 자리 저기로 옮기셔."

 남자 옆에서 초로의 남자가 주춤거리며 일어났다. 곧이어 남자 오른쪽 옆에서 여자의 목소리가 들렸다.

"어머, 어머, 자리 있어요? 자리가 있어? 어머, 어머, 내가 어제 기도를 얼마나 간절하게 했는지 몰라. 내 기도가, 내 기도가 통했어. 흑흑. 누울 수 있겠네. 내가 어제, 어제 정말 기도를 간절하게…흑흑, 흑흑흑……."

여자는 울먹이며 말하고 있었다. 연선과 현희는 황당한 표정으로 서로를 쳐다보았다. 32열인 그들이 37열에 있는 빈자리를 본인의 기도 덕분이라고 말하다니, 상상하지도 못한 대사였다. 그 사이 형님으로 불린 초로의 남자가 비행기 복도로 걸어 나오고 있었다. 승무원이 옮기면 안 된다고 제지했다. 초로의 남자가 주춤거리며 멈춰섰다. 연선은 승무원을 응원했다. 그런데 남자가 다시 말했다.

"괜찮아. 형님. 가요."

참지 못한 현희가 말했다.

"저기요. 여기로 옮기시려구요?"

32열의 남자가 선 채로 현희를 힐끗 보며 말했다.

"그쪽 좌석이에요?"
"네?"
"그쪽 좌석이냐구요?"
"아닌데요."

32열의 남자는 더 이상 말할 필요도 없다는 듯 시선을 돌렸고, 초로의 남자를 재촉했다. 초로의 남자는 머쓱한 표정을 지으며 연선의 옆자리 복도 좌석에 앉았다. 연선과 현희는 더 대꾸할 말이 없었다. 위치상 옆 자리이니 우리에게 찾아온 빈 자리라고 말할 만큼 뻔뻔하지도 못했으며, 몸이 아픈 사람을 위해 쿨하게 양보하는 상황이라기엔 대상이 없었다. 무엇보다 연선의 것이 아니었으니 표면적으로 잃은 것은 없었다. 그런데 찝찝하고 불편했다. 단순히 빈자리 문제를 넘어가고 있었다. 이 상황에서 반드시 있어야 할 무언가가 분명 빠졌다.

'뭐지? 있어야 하는데, 채워져 있어야 할 무언가가 빠졌어.'

마시멜로가 떠올랐다. 마시멜로의 시간이 아닌, 연선의 시간으로 살아가게 할 결정적 키워드를 왠지 여기에서 건져 올릴 수 있을 것 같았다. 스텔라와의 대화 사이에서 잃었던 그것과 상통한다는 것을 직감적으로 알 수 있었다. 중요하지만 삭제된 것들, 그 틈에서 마시멜로가 자라났다는 사실을 꿰뚫으며 눈이 환해짐을 느꼈다. '신의손'이 말한 대로였다. 그렇다면 연선의 키워드는……

발가락이 간질간질하기 시작했다. 그것은 얼었던 손가락이 녹을 때처럼 점차 온몸으로 퍼져 갔다. 몸이 흐물흐물해지며 아득함이 밀려왔다. 마시멜로가 찾아오는 것인지를 의심하는 순간, 연선에

거스러미와 마시멜로

게 키워드가 떠올랐다. 그 두 글자를 떠올린 순간,

'아얏'

 따끔하면서도 쓰라린 통증이 느껴졌다. 이토록 선명한 통증은 무척 오랜만이었다. 왼쪽 엄지 손톱 옆에 거스러미 하나가 핏방울을 머금고 자라나 있었다. 연선은 그 거스러미를 한참 동안 바라보았다. 그리고 귀국하자마자 거스러미를 바짝 잘라내고 약을 발라야겠다고 생각했다. 비행기는 안정적인 고도로 날았다.

한세연쓰기

1. 한세연과 김정훈

"늙은 사람을 보면 열등감이 생겨."

세연이 정훈을 빤히 바라보며 말했다.

"무슨 말이야?" 정훈이 물었다. 금방이라도 나를 놀릴 것 같은 입 모양으로 세연은 말을 이었다.

"나이 든 사람들을 보면 샘이 난다고. 난 늙지도 못하는데."
"……"

"내 옆에 계신 이 할머니 봐봐."

"……"

"이 할머니처럼 늙어 보고 싶어. 등이 구부러지고, 앞니가 빠져서 어떤 틀니가 좋을지도 고민하고, 앞 머리카락이 숭덩숭덩해서 부분 가발도 종류별로 쓰고……"

중얼거리는 세연에게서 눈을 떼서 옆으로 옮겼다. 할머니가 웃고 있었다. 얼굴에는 주름이 빼곡했다.

"안 아픈 데가 한 군데도 없는 늙은 몸 있잖아. 삐걱거리고 구차하고 축축 늘어진 몸뚱이를 하루 종일 감당하는 거, 부러워. 그게."

"……"

"저기 저 사람 뛰어가는 거 보여? 서던 젊은 것들 보며 질투심에 불타는 할머니, 그런 거 하고 싶어."

"……"

"너무 많이 돌아다녀서 무릎 연골이 다 닳은 거지. 그래서 일어날 때마다 끄응하며 일어나고, 창피한 기억도 많고, 행복한 기억도 많은 할머니가 되고 싶어. 몸은 불편하지만 그래도 막 웃긴 말을 하는 그런 할머니. 그런 거, 그런 거 해보고 싶어."

"……"

"아, 말하다 보니 진짜 샘나네. 하하."

세연의 눈은 초롱초롱했고, 입은 청량했으며, 피부는 빛났다. 세연을 둘러싼 빛은 산산히 부서져 수 만개의 바늘이 되었다.

-날아와 꽂힌 그것들에 포위되었다.

세연에게 붙여 놓았던 꽃은 박제되어 진하게 말라 있었다.

-뜨거운 몇 방울을 꽃잎 위로 떨어뜨렸다.

더이상 세연의 목소리가 들리지 않았다. 세연은 웃는 표정 그대로 미동도 없이 정훈을 보고 있었다. 정훈은 고개를 숙인 채 울컥하고 치밀어 오르는 것들을 주섬주섬 덮고 있었다. 덮어도 덮어도 자꾸 미끄러졌다. 그것들은 계속해서 치밀어 올라오고 있었다. 세연은 할머니가 될 수 없다. 세연에게 이제 그런 꿈은 접으라고 말했어야 했다. 하지만 여전히 전할 수 없다. 포기하라는 말을 하기에 세연은 지나치게 또렷하고 선명했다. 정확히 말하면 세연의 사진이 그랬다. 더 정확히 말하면, 납골당에 안치된 세연의 영정 사진이 그랬다.

2022년 5월 29일
스물셋, 한세연이 죽었다.

2. 한세연과 김정훈과 이연주

"세연이 죽은 거……그 글, 누나가 써야 해."

정훈이 채 앉기도 전에 정훈의 말들이 먼저 와서 털썩 의자를 차지했다.

'세연이 죽은 거'

조용한 카페 안에 '세연이 죽은 거'라는 말이 진동처럼 울렸다.

'죽은 거'

라는 말은 정훈이 앉은 후에도 한참을 메아리로 밀려왔다. 밀려온 파장이 연주의 심장 깊숙한 곳을 날카롭게 찔렀다. 연주는 천천히 심호흡을 한 후, 입을 뗐다.

"아무리 생각해 봐도 아니야. 내가 뭐라고…… 내가 뭐라고 한세연의 죽음을 쓸 수 있겠니?"
"아무리 생각해도 누나가 쓰는 게 맞아. 세연의 죽음."

다시 '세연의 죽음'이 날아와 꽂혔다. 겨우 뗀 연주의 입술이 미처 닫히기도 전이었다. 정훈의 목소리에 더 이상 물기가 느껴지지 않았다. 지난달에 정훈을 보았을 때만 해도 흐르다 못해 몸 전체에서 물이 범람하고 있었다.

"정훈아. 여러 번 말했잖아. 나 아무래도 안 돼……스물셋이라고 쓰기만 해도 한세연의 히읗만 써도 한 글자도 더 나갈 수가 없어. 스물셋, 스물셋의……"

연주는 말을 멈췄다. 정훈과 눈이 마주쳤다. 붉은 속눈썹이 여러 가닥 빠진 듯, 여기저기 실핏줄이 터져 있었다. 한세연이 그렇게 된 후, 연주 역시 자신이 무언가라도 해야 한다고 생각했었다. 노트북을 가지고 다녔다. 노트북을 열었고, 한글을 열었다. 매일 열었고, 닫았다. 하얀 화면에 검은 글씨를 손가락으로 만들었다가 지웠다. 매일 만들었고 매번 지웠다. 매일 어떤 문자도 채워지지 않았다. 흰 평면 위로 검정색 활자가 왔다 갔다 하는 것만으로도 아팠다. 흰색과 검정색 안에 한세연을 가두는 것 같았다. 온통 검정색이었던 장례식 장면이 떠올라서 숨이 막혔다. 연주는 연신 백스페이스를 눌렀고, 하나의 파일도 저장하지 않았다.

"스물셋의 그런, 그런 죽음은 어떻게도…… 나는 쓸 수가 없어."

연주는 커피잔을 꼭 쥐었다. 간신히 짜서 쏟아 놓은 말들이 테이블 위에 맥없이 흩어졌다.

-후두둑

말들은 힘이 없었고 정훈은 말이 없었다.

"흐음……"

숨을 옅게 내뱉으며 정훈을 보았다. 핏빛 눈과 마주쳤다. 정훈은 계속 연주를 응시하고 있었다. 정훈의 눈빛에 그나마 테이블 위에 남아있던 몇 개의 말들까지 바닥으로 기어 내려갔다.

-사삭 사삭
"누나."

정훈이 말했다.

"응?"
"왜 쓸 수가 없는데?"
"으…응?"

연주는 정훈이 자신의 얘기를 들으려는 것이 아니라는 것을 감지했다. 정훈은 연주의 의견을 묻고 있지 않았다. 정훈은 연주가 하는 말들, 그 소리 파장을 모두 튕겨내고 있었다. 정훈을 향했던 소리들은 공중에서 잘렸고, 바로 흩어졌다. 연주는 모르는 척, 조금 더 버텼다. 정훈이 다시 말했다.

"누나."
"난, 정훈아……"
"쓸 수 없는 이유."

숨 한번 고를 틈도 주지 않고 정훈이 연주의 말을 잘랐다.

-서걱
"그거 없어."

단호한 정훈의 마침표에 시선을 지속할 수 없었다. 카페 음악이 바뀌었고, 손님이 들어 오는 것을 알리는 종소리가 청명하게 났다. 문이 열리자 그 틈으로 거리의 소음이 음악에 섞여 들어왔다. 정훈을 피해 문 쪽으로 시선을 돌렸다. 여자 세 명이 들어오고 있었다. 그 여자들은 아마도 스물셋쯤 되어 보였다. 연주는 그렇게 생각했다. 정훈이 다시 연주의 시선을 잘랐다.

"슬퍼서?"

-퍽

  연주는 완벽하게 구석에 몰린 느낌이었다. '슬퍼서?'라는 단어가 추궁으로 들릴 수 있음을 실감했다. 더 이상 피할 데가 보이지 않았다. 연주는 정훈을 볼 수밖에 없었다. 정훈의 입술이 갈라져 있었다.

"슬퍼서 못 쓰는 거라고, 그렇게 말 할거야?"

  연주가 말을 하려다 다시 숨을 내쉬었다. 정훈의 입술에 말라버린 피딱지가 자꾸만 선명해지고 있었다. 다시 숨을 골랐다. 아무리 숨을 깊이 쉬어봐도 내뿜힐 말을 길이 올릴 수 없었다. 얼마나 깊이 들어가야 그 말을 찾을 수 있을까. 끝도 없는 우물에 도르래를 내리고만 있었다.

-드르륵

  연주가 말을 포기해야 하는 시점이었다. 그 순간에 정훈은 자신의 말들을 잡아 거침없이 잡아 올렸다. 정훈의 입술을 찢고 나온 선홍색 핏방울이 영롱했다.

"어제 납골당에 갔어."

정훈이 길어 올린 말들은 이야기로 쏟아졌다. 말이 이야기가 되면 모른 척할 수도, 자를 수도 없다. 정훈은 한세연의 죽음을 본격적으로 이야기할 작정이었다. 이제 말들이 망설이는 소리는 들리지 않을 것이다.

정훈과 연주는 대학 소설동아리에서 만났다. 삼수를 하는 동안 연주를 견디게 해 준 것은 글이었다. 하루에 삼십 분, 글을 썼다. 그 시절 연주는 일기는 쓰지 않았다. 삼수생인 자신의 이야기는 하루 23시간 30분만으로 충분했다. 연주의 세계가 아닌 다른 사람의 세계가 필요했다. 다른 사람, 다른 영혼으로 글을 썼다. 그리고 나서야 스물할 살 자신의 삶을 혐오하지 않고 잠들 수 있었다. 대학에 들어간 연주가 소설동아리를 찾아간 것은 당연한 일이었다. 정훈은 고등학생에서 바로 대학생이 되었다. 정훈은 소위 말하는 대치동 키즈였다. '대치동 키즈'라고 하면, 초등학교 이전부터 경쟁에 찌들어서 경계심과 우월감이 지배적일거라 여겼다면 정훈에 한해서는 편견이었다. 정훈은 맑고 다정했으며, 환했다. 태어나서 성장하는 시간 동안 한 번도 꼬이지 않고 자란, 말 그대로 잘 자란 청년이었다.

연주는 감수성이라는 능력이 후천적으로 생성된다고 생각했다.

본인 역시 자신의 성장과 더불어, 함께 자란 어둠 덕에 그리고 함께 패인 상처들 덕에 그나마 감수성이 있는 것이라고 여겼다. 하지만 정훈을 보면서 감수성이라는 것도 결국 유전자였음을 알게 되었다. 밝고 보송한 성장기를 지나왔음에도 어둠과 상처에 공감할 수 있는 특별함을 선천적으로 가진 사람들이 있었다. 정훈이 그런 사람이었다.

정훈은 글을 좋아했지만 쓰지는 않았다. 정훈의 능력은 연주를 통해 발현되었다. 연주의 얼굴과 말을 보고 생각을 읽어내는 능력, 그래서 소울 메이트라는 상투적이고 일반적인 표현이 연주와 정훈에게는 서로를 향한 구체적이고 고유한 표현이라고 느꼈다. 고등학교 내내 붙어 다닌 친구 지수나, 엄마보다 연주를 더 잘 알아냈다. 특히 연주의 글에 대해 정훈은 각별했다. 연주가 신춘문예를 상상이라도 할 수 있었던 것도 순전히, 정훈의 독려와 격려 때문이었다. 준비하는 동안 글과 술과 그리고 시간을 나누어 준 사람도 정훈이었다. 연주는 술이 취하면 정훈을 처음 봤을 때를 꿈꾸듯 말하곤 했다.

"동아리문을 열고 들어갔는데 정말이지 네 웃음이 햇살처럼 부서지고 있었어. 진짜야. 정말 네 얼굴과 소리가 섞여서 반짝반짝, 반짝이고 있었어."

지금, 여기에 마주 앉은 정훈에게는 반짝임이 없었다. 빛을 대신해 빨간 핏줄이 들어서 있었다. 찡한 기운이 돌며 현기증이 났다. 못 본 척하는 것이 정훈에게도 그리고 연주 스스로에게도 더 이상 효력이 없음을 인정해야 했다. 연주는 정훈의 말에 응답했다.

"어제도 갔었구나."

머그 컵을 들어 커피를 입 안으로 넘겼다. 커피는 식었고, 향도 사라져 있었다. 입안에서 식도를 거쳐 위로 넘어가는 과정이 지루했다.

"세연이는 여전히 멋지고, 여전히……"

정훈의 눈이 잠시 반짝였다가 곧 그 빛을 거두었다.

"알지?"
"알지."

연주가 다시 커피를 마셨다. 식도로 올라오던 덩어리가 커피를 따라 내려갔다. 정훈의 목소리가 다시 시작되었다.

"어제 확실히 알겠더라구. 세연이가 얼마나 멋지고 예쁜 사람인지. 그리고……"

정훈이 멈추고, 커피를 넘겼다. 목젖이 천천히 존재감을 드러냈다가 사그라들었다. 그리고 말을 내보냈다.

"그리고 세연이는 슬픔이고 사랑이고, 추억이어야……"

정훈의 말이 막혔다. 연주가 그 말을 이었다.

"내게도 그런데 네게는, 더하지……"

연주는 창밖으로 시신을 돌렸다. 비가 제법 묵직하게 내리고 있었다. 탁하게 물덩이가 쏟아졌다. 가을이 오기 전 마지막 여름 소나기일 것이다. 507번 버스가 좌회전을 하려고 깜박이를 켰다. 버스가 움직이자 물웅덩이에서 해일이 일었고, 반대 차선에서 오던 세단을 덮쳤다. 연주에게는 미안함이 덮쳤다. 창문에서 연주는 자신의 눈과 마주쳤다. 또다시 자신이 정훈을 피해 고개를 돌렸음을 깨달았다. 정훈을 피했고, 스물 셋 한세연을 피했다. 지난 세 달 동안 스물 셋 한세연, 한세연의 죽음을 피했음을 새삼 깨달았다. 한세연을 보지 않았구나, 슬픔 속에 숨어서 한세연의 죽음을 피하고 있었구나…… 창문에서 부끄러움이 적나라하게 피어나고 있었다. 고개를 돌려 정훈을 찬찬히 보았다. 밖에서 천둥소리가 들렸다. 그나마 버티고 있는 더위마저 모조리 쓸어버리고 있었다. 몸이 떨렸다. 한세연을 말하는 정훈의 목소리가 갈라져 있었다.

"사랑이고 슬픔…추억이어야 하는데, 세연이 이렇게 내 옆에 없는 게……그런데 그동안 제대로 슬퍼하지를 못했어. 한세연의 죽음에 슬퍼할 시간이 없었더라고. 슬프기만 하고 싶은데……세연을, 한세연을..그 죽음까지 망치려…는…그……"

정훈은 다시 숨을 가다듬어야 했다. 정훈의 눈에 눈물이 고이지 않기를, 정훈이 울면 연주도 눈물을 멈출 수 없을 것이다. 연주는 정훈을 응원하며 지켰다. 다행히 정훈은 울지 않았다. 깊은 숨을 쉬는 정훈을 따라 연주도 길게 숨을 쉬었다.

세연과 정훈은 미팅에서 만났다. 기계공학과 학생회장이 세연이 다니던 여대 사회학과와 미팅을 주선했다. 그때까지 정훈은 미팅을 마뜩하지 않아 했다. 그래서 미팅을 간 적도 없었다. 그런데 그날은 남자 쪽 한 명이 부족했다. 그리고 정훈은 연주와 점심을 먹고, 동아리실로 가는 도중이었다. 거기서 과학생회장에게 잡혔다는 아주 뻔한 시작이었다. 정훈과 세연이 사귄다고 했을 때, 동아리에서는 정훈을 비난했다. 연주와 그렇게 지내놓고 다른 사람이랑 연애를 한다며, 심지어 동아리 회장인 해인 선배는 정훈을 따로 불러서 얘기하기도 했다. 해인 선배는 연주와 동갑이었지만 학번이 높아 연주는 늘 해인 선배라 불렀다. 덩달아 정훈도 해인 누나가 아닌 선배라고 불렀다. 훗날 해인 선배는 정훈과 했던 대화를 연주에게 말하며, 도중에 연주의 손을 잡기도 했다.

"연주와 그렇게 지내놓고 다른 사람이랑 연애하는 건 좀."
"네?"
"너 연주랑 그렇게 지냈잖아. 그런데,"
"해인 선배. 그렇게 지낸 게 어떻게 지냈다는 건가요?"
"어? 아니, 너네 둘은 우리 동아리에서"
"동아리에서 어떤데요?"
"어머. 왜 화를 내니?"
"그런 관계라는, 그런이라는 말은 불쾌합니다."
"어머. 어……너."
"제가 해인 선배한테 이런 걸 설명하는 것도 불쾌해요. 그런이라니요? 그렇게 아무렇게나 그런이라고 말하면서 말 만들어내지 않았으면 좋겠어요. 누나랑 나는 그런이라고 함부로 말하면서 막 얘기할 수 있는 관계가 아니라구요."
"아니 뭐. 내가 뭐 저급하게 그런이라고 말했다는 거니? 아니, 그렇게 들렸다면 미안하기도 한데, 아니 그러니까."
"누나랑 나는."
"너네는?"
"우린 소울메이트에요."
"뭐? 소…뭐?"
"웃지 마시고, 그런이라고 말하면서 아무렇게나 우리를 오염시키지 말라고요."
"뭐? 오염? 참, 나……어머."

　해인 선배와의 대화를 끝으로 정훈은 다시는 동아리에 오지 않았다. 햇살이었던 정훈이 사라진 동아리방은 동굴이 되었다. 연주도 차츰 동아리방을 가지 않게 되었고, 얼마 후 연주는 신춘문예에 당선되었다. 시상식 날 찍은 사진을 보면, 연주의 오른쪽에서 정훈이 만세를 부르고 있었고, 왼쪽 팔에는 세연의 오른손이 들어와 팔짱을 끼고 있었다. 세연은 연주보다 더 환하게 웃고 있었다. 연주는 정훈과 세연의 연애를 예뻐했고, 정훈은 연주와 영혼을 공유했으며, 세연은 연애와 더불어 등장한 연주를 환영했다. 같이 있을 때, 셋은 온전함을 느꼈다. 셋의 카톡방 이름을 '온전한 삼각형'으로 하면서도 간지러운 줄도, 부끄러운 줄도 몰랐다. 연주와 세연, 그리고 정훈은 거기서 온전히 안전하고 평온했다.

카페 안은 거대한 분무기가 작동하듯 습했다. 시스템 에어컨이 무력했다. 모든 것이 축축한 가운데에서 정훈만 혼자 바싹 말라 있었다.

"세연이를 '그런'이라는 말에 얽히지 않게 하고 싶어."
"……"
"세연이는 '그런' 사람이 아니잖아. 누구도 한세연을 그렇게 함부로 취급해서는 안 되잖아. 한세연, 세연은 그렇게 되어서는 안 되는……"

정훈이 말끝을 흐렸다. 오늘은 여러 번 문장을 끝맺지 못했다. 평소의 정훈이라면 종결어미를 강조하며 문장을 정확히 완성하려고 했을 것이다. 지금 정훈은 감정을 누르기 위해 자신의 문장을 버렸다. 정훈이 말한 '함부로'라는 말에 연주는 정신이 번쩍 드는 느낌이 들었다.

"절대, 당연히 안 되지. 세연은, 세연을……"

연주는 만지작거리던 핸드폰에서 카톡을 열었다. 급하게 '온전한 삼각형' 톡방에 들어갔다. 중요한 것을 잊었다가 막 생각난 사람처럼 엄지가 미끄러졌다.

'아.'

카톡방에 세연이 있었다.

―언니, 나와요. 얼른.
―여기서 나 계속 기다릴거야. 언니 올 때까지요.

연주가 첫 번째 응모한 신춘문예에 떨어지고 한동안 방 안에 있을 때였다. 연주에게는 부정적인 감정이 생겼을 때 나름의 프로토콜이 있었다. 먼저, 혼자만의 시간을 가지고 나면 감정이 가라앉는다. 가라앉은 감정이 들고 일어나지 않게 조심조심 맑은 물 윗부분만을 떠내며 한동안 지낸다. 그리고 나면 슬픈 혹은 좌절한 혹은 부끄러운 아니면 실망스러운 그런 감정들이 단단하게 굳어지는 시기가 온다. 그렇게 굳은 살이 배기고 나면 감정들이 다소 탁해지기는 하지만 그래도 자유롭게 사용할 수 있었다.

연주가 힘든 시간을 지날 때, 정훈은 담백하게 감정이 사그라들기를 기다렸다. 그러나 세연은 달랐다. 연주의 부정적 감정들이 가라앉기도 전에 섞어서 마구 휘저었다. 그렇게 혼란스러운 감정으로 가는 것은 연주가 살아온 방식이 아니었다. 그러나 그 혼합물이 만들어낸 혼종은, 그 혼종의 감정은 충격적이지만 오히려 좋은 쪽이었다. 그날이 연주가 그것을 경험한 첫 날이었다.

―여기 나 연남동 거기예요.
―나 집에 안 가. 언니.

 집에 안 들어가고도 남을 세연이었기에 연주는 연남동으로 향했다. 크리스마스를 막 지난 홍대 앞 밤거리는 다소 지쳐 보였다. 눈이 듬성듬성 내리고 있었고 귀가 몹시 시렸다.

'어?'

 멀리서 익숙한 목소리가 들렸다. 세연이 노래를 하고 있었다. 전에도 기타를 치며 노래를 하곤 했다. 그러나 한 번도 버스킹을 하거나 노래를 만든 적은 없었다. 그런 세연이 방안에 있는 연주를 위해 노래를 만들고 노래를 부르고 있었다. 그 후 세연은 노래하는 사람이 되었다. 음악을 만드는 사람이 되었고 음악을 직업으로 하는 뮤지션이 되었다.

"언니 덕분이야. 그때 언니를 사랑해서 지금 내가 이렇게 행복할 수 있는 거야."

 일단 시작을 한 세연은 망설이지 않는 사람이었다. 홈레코딩으로 노래를 만들었고 심지어 음반을 배포했다. 세연에게는 연주가 영감이었다. 연주가 말하는 것, 쓰는 것, 읽는 것, 보는 것, 그리고 듣고 느끼고 만나는 것, 그러면서 다시 쓰는 것들 속에서 세연이 음악을 만들었다.

그리고 세연이 만든 음악은 다시 연주를 해체하고 연주의 세상 한 쪽을 부셨다. 연주는 세연의 음악 안에서 부서지고 둥둥 떠서 다른 세상으로 흘러갔다. 세연의 음악으로 상상하지도 못한 영역에 발을 디디고 걸었다. 연주에게도 세연이 영감이었던 것이다. 연주와 세연은 서로의 등을 타고, 서로의 손을 잡고 여러 세계를 넘나들었다.

다음 해 가을, 세연은 첫 앨범을 발매했다. 그리고 그해 겨울, 연주의 시가 신춘문예에 당선되었다. 연주와 세연은 서로에게 새로운 우주를 건넸고, 노래와 시로 삶을 탐험했다.

똑똑
똑
똑
똑

연주의 우물 깊숙한 곳에서 말들이 차오르기 시작했다. 정훈이 마른 입을 뗐다.

"어제 결심하고 왔어. 세연이만, 세연이, 너에 대한 그리움만 생각하며 여기에 다시 오겠다고. 그렇게 죽게 하고, 죽은 다음에도 더럽히는…것…그것들 때문에…… 망치지 않……"

정훈이 숨을 크게 쉬었다. 눈을 잠시 감았다. 그리고 다시 정훈이 숨을 쉬었다.

"정훈아."

연주는 위로의 말을 건네려 이름을 불렀다.

"있잖아."

정훈은 위로를 받지 않았다. 대신에 자신이 해야 할 이야기가 끊어지지 않도록 가로챘다. 연주는 정훈의 말에 순응했다.

"그래…정훈아."
"나는 슬픔은 감당할 수 있을 것 같아. 그리고 어떻게 슬퍼할지도, 얼마나 오래 슬퍼할 것도 다 준비되어 있고, 다 할 거야. 그런데 세연이를 그렇게 죽게 하고도 또 세연이를 모욕하는 건, 그 사람들은…… 그건, 더 이상 못 보겠어."

"정훈아……"
"그래서 결심한 거야. 슬프려면, 슬프기만 하려면… 세연이를 생각하면서 그리워하고, 외로워하고 그런 거만 하려면… 먼저, 그 모욕과 싸워야겠다고."

 닿기만 해도 부서질 것 같은 정훈의 눈과 맞주치자 연주도 부서질 것 같았다.

"그러려면 먼저 제대로 된 글이 있어야 해. 한세연의 죽음을 쓰는 일을 제대로……"
"……"
"슬픈 건 한세연이 하면 돼. 슬픔의 주체는 한세연이어야 해."
"……"
"한세연의 죽음을 지키기 위해 해야 하는 것들, 그걸."
"……"
"마다하지 말아줘."

 정훈의 말이 끝나자 카페 안의 음악이 커졌다. 연주는 핸드폰 화면에 또렷하게 보이는 '온전한 삼각형' 이름을 만지작거렸다.

3. 한세연

 한세연이 엄마를 잃은 시기는 고등학교 1학년이었던 2016년 겨울이었다. 한세연의 엄마는 암을 발견하고 1년을 넘기지 못했다. 고작 열 일곱의 한세연에게 '죽음'은 글자로도 낯설었다.
 초등학교 6학년 때, 짝꿍인 윤지영이 비슷한 것을 말하곤 했었다. 윤지영은 등교하자마자 "자살해야지", "자살하고 싶다"를 습관처럼 중얼거렸다. 그러나 그때의 자살이나 죽음은 마치 한숨 같은 것이었다. 아침마다 거대한 세상과 마주하기에 사춘기 초입의 숨구멍이 너무 작았을 것이고, 자살 정도는 내뱉어야 쉬어지는 큰 숨이 필요했을 것이다. 현실과 이상 사이의 괴리가 감당이 안 되고, 몸과 마음 사이의 피리기 감당이 안 되는 열세 살 작은 인간들이었다. 그들은 일단 죽어 놓고 시작을 해야 하루를 넘길 수 있었을 것이다. 자살은 죽음이 아닌, 나른함과 답답함을 뚫는 유일한 무기였을 것이다.
 엄마의 죽음은 달랐다. 엄마는 한세연의 눈앞에서 무서운 속도로 죽었다. 죽음을 향해 맹렬히 돌진했다. 한세연이 볼 때마다 쉬지 않고 죽어 갔다. 처음 병을 발견했을 때는 모두, 엄마가 나을 거라고 생각했다. 방법이 있을 것이고 치료법을 찾아갈 것이고, 아직 초기니까, 아직 젊으니까 그래서 체력도 있으니 괜찮을 것이라고 그랬다. 아빠가 그랬다. 주변의 어른들도 그랬다. 그리고 엄마도 그렇게 생각했다.

  그러나 엄마의 암도 젊었다. 엄마와 아빠가 그리고 의사들이 방법을 찾기도 전에 엄마의 암이 먼저 방법을 찾았고, 겨우 155센티미터의 육체를 차지했다. 6개월이 지나자 의사가 손을 뗐다. 그리고 2개월이 더 지나자 엄마는 나을 것이라는 기대를 할 수 없음을 인정했다. 그리고 아빠는……

'아빠는 언제부터였을까?'

  한세연에게 엄마의 기대수명이나 치료의 전망에 대해 생각한 기억은 없다. 암도, 투병도, 죽음도 그때의 한세연에게는 외계어같았다. 그리고 그 단어들 속에 있는 엄마도 외계인 같았다. 그 중 어떤 것도 한세연의 세계에서 이해할 수 없었다. 이해할 수 없었으므로 어찌할 바도 몰랐다. 그저 망연자실한 채로 '죽음'이 형용사가 아닌 동사라는 것을 보았을 뿐이었다. 죽음에 무지했던 한세연이었지만 그래도 죽음을 인식한 순간은 아직도 기억하고 있다.

  엄마가 죽기 3개월 전, 추석 연휴였다. 엄마를 만나기 위해 병동으로 갔다. 엄마는 산소 줄을 코에 끼우고 거친 호흡을 이어가면서도 일주일 전 자신에게 호스피스를 권한 의사들에 대해 분노를 격렬하게 쏟아냈다. 그때까지만 해도 한세연은 엄마와 함께 분노했다. 다른 병원을 알아보아야 겠다는 엄마의 말에 전적으로 동의했다.

그리고 고작 일주일이었다. 일주일이 지났을 뿐이었는데 한세연은 엄마가 더 이상 아프지 않다는 것을 깨달았다. 엄마는 아픈 것이 아니라 죽어가고 있었다. 그때부터 한세연에게 엄마의 전화, 엄마와 관련된 소식, 엄마라는 말조차 모두 두려움이 되었다. 그때부터 엄마를 기다리는 것이 죽음을 기다리는 것과 같은 것이 되었다. 열일곱 살이 상상하는 미래 속에 엄마와의 삶을 배치하는 것이 불가능하다는 것을 알았다. 명확한 문장으로 말하지 않았어도 더 이상 일상 속 엄마를 기대하지 않았다. 안아주고 지켜주고 돌봐주는 엄마도, 인생을 나눌 엄마도 없을 것이 거의 아니, 매우 확실했다. 당시 한세연에게 기다림의 대상은 죽음, 하나였다. 예견된 비극에 대한 두려움 속에서 매일 염마를, 그리고 임미의 죽음을 기다리고 있었다.

2016년 12월 23일, 한세연에게서 엄마가 사라졌다. 엄마가 사라짐과 동시에 이상하게 불안감도 함께 사라졌다. 그리고 엄마와 불안, 단 두 개가 사라진 그 자리에 많은 것들이 들어섰다. 공허와 슬픔, 황량과 어둠, 좌절과 무력함……상실은 대단한 위력을 과시하며 한세연을 장악했다.

상실은 폭탄이었다. 고막을 마비시키는 소리로, 버섯 구름으로, 몸과 마음에 후유증을 남기며 한세연의 세포를 모두 바꾸어 놓았다. 열 일곱에서 열 여덟 살로 넘어가고 있던 한세연은 자신이 원래 어떤 사람이었는지 기억나지 않았다. 먹거나, 걷거나, 보는 일조차 어색했다. 어떻게 먹어야 할지, 어떻게 걸어야 할지, 어떻게 보아야 할지에 모두 번역과 같은 과정이 필요했다. '숟가락을 들고 아니 젓가락으로 하면 되나? 젓가락이 어디 있지? 김치를 먹어야 하나? 먹을 수 있나?' 원래 웃음이 어땠는지 기억이 나지 않아 핸드폰에서 사진을 보며 학습하기도 했다.

 상실의 사전적 의미를 검색한 적이 있었다. 그리고 나서야 한세연은 자신에게 일어난 상실을 이해했다. 상실의 사전적 의미는 '잃어버림'과 같이 두루뭉술하게 되어 있지만, '상(喪)'이라는 한자는 '죽다'와 '상제 노릇을 하다'라는 풀이를 짊어지고 있었다.

 상실은 긍정적인 면도 있었다. 한세연에게 무서울 것이 없어졌다. 걱정도 없어지고, 거칠 것도 없어졌다. 교실에 바퀴벌레가 등장했을 때에도 이전의 한세연과는 달리, 아무런 느낌 없이 바라볼 수 있는 능력이 생겼다. 파를 썰다가 손을 베어 피가 났을 때도 놀라지 않았으며, 아프다고 느껴지지 않는 능력도 생겼다. 그해 생활기록부 행동발달사항에 한세연은 침착하고 대범하다는 담임 교사의 평가를 받았다. 한세연의 아빠는 한세연이 어른스러워서 다행이라고 생각하며, 40대에 상처한 자신을 추스르는 데 온 힘을 기울였다.

 한세연은 어른스럽게 명문 여대 사회학과 입학했다. 그리고 5월에 음악을 시작했다. 한세연의 아빠는 한세연이 기타를 메고 들어오고, 손가락에 하나둘씩 타투가 늘어나는 것을 그해 10월에 발견했다. 한세연의 존재가 눈에 들어올 정도로 한세연의 아빠는 일상을 회복했다. 한세연의 타투가 점유를 멈출 때쯤 한세연의 웃음이 자연스러워졌다. 그리고 정훈을 만났고, 연주도 한세연의 일상에 합류했다.

한세연의 노래는 감미로웠고, 가사는 섬세했다. 상실은 감수성을 일구어냈고, 한세연의 음악은 사람들을 뭉클하게 했다. 상실이 배어 있는 한세연이었기에 건네는 위로에 힘이 있었다.

버스킹 도중에 명함을 주며 오디션을 보라는 대형기획사 신인 발굴팀도 있었고, 대국민 포크 오디션 프로그램에서 본선에 진출하기도 했다. 그러나 한세연은 무엇을 느꼈는지 연예 시스템 안에 들어가지 않겠다고 선언했다. 적극적으로 접근하는 기획사가 있었음에도 한세연은 전화를 차단했다. 음악은 혼자 하는 것이 아니라 대중예술이니 기획사가 나쁠 게 없다라든가 본격적으로 큰 시장에서 한 번 놀아봐야 하지 않겠느냐 등의 조언들이 주변에서 왕왕댔지만 한세연은 단호했다.

"음악을 안하겠다는 것도 아니고, 기획사를 안 가는 게 왜 큰 일이야?"

한세연은 멜로디를 만들고 가사를 쓰고, 맥북으로 뚝딱 하더니 홈레코딩도 했다. 정훈과 연주는 한세연의 결단과 추진력 그리고 재능 모두를 존경하고 사랑했다.

그날도 그랬다.

한세연은 자신이 원하는 음악을, 자신이 원하는 때에, 원하는 장소에서 했다. 늘 그랬듯이 그날도 사람들을 뭉클하게 했을 것이다. 한세연은 작은 카페에서 공연을 마치고, 기타를 메고 지하철역으로 이동하는 중이었다.

그날은 더 좋은 공연이었다.

사라졌던 엄마가 한세연의 노래를 타고 잠시 흘렀다. 처음이었다. 상실로 멈추었던 엄마가 그리움과 따뜻함으로 피어날 수 있음을 한세연은 그날, 처음 알았다. 스물 셋밖에 살지 않았지만, 산다는 것이 정말 기적일 수도 있겠다며 잠시나마 한세연은 감동했다. 그 느낌을 곡으로 쓰고 싶다고 생각하며 왼쪽 골목으로 접어들었다.

사람들이 많았지만 고작 30미터도 되지 않는 길이었고, 다른 길도 마찬가지였다. 30미터의 골목을 지나면 대로가 나오고 바로 오른쪽에 지하철역이 있었다. 사람들이 너무 많긴 한데라고 생각한 순간 발이 공중에 떴다. 연이어 사람들의 짧은 비명이 들렸다.

어머
어
밀지 말아요

 순식간에 골목 안에서 사람들은 한 덩어리로 뭉쳐졌다.

어어
조심해요
침착하게

 한세연의 심장이 빠르게 요동쳤다. 엄마와 함께 불안이 사라졌다고 생각했는데 어이없게도 엄마를 떠올린 날에 불안이 같이 왔다. 한세연은 자신이 안전하지 않음을 알았다. 그 골목길의 모두가 그러했을 것이다. 그러나 사람들은 포기하지 않았다.

자 천천히요
최대한 숨을 위로
거기 키 작은 분들 숨 쉴 수 있게

한세연의 기타가 한세연의 등을 아프게 했다. 기타가 뼈를 눌렀다. 기타가 상하면 안되는데라고 생각할 무렵 사람들의 비명이 크게 들렸다.

아아악

한세연의 혈관이 모조리 수축했고 기타는 기타 케이스 안에서 부서졌다. 하필이면 오늘 소프트케이스를 가지고 왔다. 아니 다행인가? 하드케이스였으면 기타가 다른 사람을 해쳤을 수도 있었다.

침착해
침착해

사람들은 자신의 몸의 부피가 반으로 줄어드는 상태에서도 "침착해"를 외쳤다. 좁은 데다 경사가 있는 골목이었다. 자칫하면 모두 깔릴 수 있음을 한세연을 비롯한 골목 안의 사람들이 직감했다. 버텨야 했다. 넘어지지 않도록. 다리에 힘을 주고…… 몸 전체에 힘을 주어 버티면…… 앞의 사람들이 빠져 나가면…… 틈이 생길 것이다. 그래, 골목으로 사람들이 들어오지 않고…… 앞선 사람들이 나가면…… 지금 이 불안은 아무 일도 아닌 일이 될 것이었다. 단지 해프닝으로 끝날 일이었다. 모두 그렇게 생각했다.

하지만 어찌 된 일인지 한세연은 점점 눌려서 줄어들고 있었다. 이러다가 뼈가 부러질 수도 있을 것 같았다. 심장이 터질 듯 했다. 아니, 터진 것일 수도 있다. 토할 것 같았다. 아니, 토한 것 같기도 하다. 머리로 산소가 제대로 안 가는지 정신이 혼미해지는 것이 느껴졌다. 아니, 혼미해졌다. 곧 사람들의 비명이 희미해졌다.

툭

한세연의 몸이 처졌다.

툭툭

한세연 앞에 있던 사람들도 하나 둘 처졌다.

툭툭
툭툭툭
툭툭툭툭
툭
툭

뒤에 있는 사람들이 한세연 위로 처졌다.

이후는 엄마의 과정과 같았다. 한세연의 엄마가 1년 동안 거친 과정을 한세연은 30분 동안 거쳤다. 그 짧은 순간, 한세연은 동사로서의 죽음을 재연했다. 기다릴 수 있는 것이 죽음밖에 없음을 알았다. 그리고 자신의 눈에서 빛이 사라지는 것을 느꼈다. 엄마의 눈에서 빛이 사그라들었듯이 한세연도, 그리고 한세연이 덮은 사람도, 한세연을 덮은 사람도 모두 스스로 발산하던 빛을 거두어 들이고 있었다.

2022년 5월 29일.
스물셋, 한세연이 죽었다.

4. 이연주

한세연은 아름다운 사람이었다.

　한세연의 죽음은 다음과 같이 진행되어야 할 것이다.
한세연의 죽음은 한세연을 사랑하는 사람들에게 상실로 자리 잡을 것이고, 그 상실로 그들은 무척이나 힘든 시간을 지나게 될 것이다. 그러나 어느 날 갑자기 '상실된 한세연'을 넘어설 것이고, '사랑스런 한세연'이 섬광처럼 강렬하게 피어날 것이다. 그리고 결국, 한세연은 그리움과 따뜻함으로 사랑하는 사람들의 혈관 속에 흐르게 될 것이다. 한세연에게 엄마의 죽음이 그랬듯이. 한세연을 사랑하는 사람들에게도 한세연의 죽음이 그럴 것이었다.

툭

툭툭

　한세연을 사랑하는 사람들은

툭

한세연을 온전히 추모하기 위해

툭

오늘도 빛을 모으고,

툭툭

내일도 소리를 내고 있다.

툭

툭

엄마가 루앙프라방에 있다

―보낸 사람 '염혜진'

"혜진씨?"

　찬욱샘이 보냈다는 메일을 확인하는 중이었다. 메일리스트에 쓰인 엄마 이름을 보자마자 혜진씨라고 부르던 습관이 튀어 나왔다. 엄마, 그러니까 혜진씨가 잘 지내라는 메일을 남기고 사라진 지 1년 그리고도 10개월이 넘었다. 오늘 아침, 찬욱샘에게 연락이 오지 않았다면 엄마, 혜진씨의 메일은 영원히 우주 속에서 떠돌았을 수도 있었다.

―현서야. 나 찬욱샘이야. 잘 지내지?

―안녕하세요. 잘 지냅니당.

―샘이 부탁이 있어서 연락했어.

―뭔데요?

―하하. 바로 용건이라니. 우리 현서 여전히 이과생이네. 다름 아니라 네 동아리 후배들 멘토 좀 해 줄래?

―네? 제가요?'

―동아리 운영은 재영이보다 실질적으로 네가 했으니까. 네가 적합할 것 같아서.

―아……

―부담 많이 안 가져도 돼. 내가 너는 무조건 믿는 거 알지? 후배들이 쓴 동아리 운영 계획서랑 개별계획서 샘이 메일로 보내놨어. 검토해 봐. 너 그 계정 아식 쓰지?

―앗. 벌써요? 계정 살아있기는 하죠.

―부탁한다.

―넵. 보고 연락드릴게요.

―그래. 고맙다.

고등학교 졸업 이후 쓴 적이 없던 계정이었다.

'패스워드가……'

라는 생각을 마치기도 전에 자동저장된 패스워드가 로그인을 끌어냈다. 찬욱샘이 보낸 메일을 클릭하려는 그때, 그 글자가 튀어나온 것이다.

—보낸 사람 '염혜진'

엄마, 혜진씨가 사라진 후, 처음 몇 달 동안은 엄마에 대한 생각이 하루 종일 떠나지 않았다. 걱정, 그리움, 짜증으로 시작했다가 다음에는 답답함, 서운함이 따라왔다. 가끔은 슬픔과 아픔과 상처가 섞여 혼란스럽기도 했고, 그래서인지 자주 속이 울렁거렸다. 몇 달 내내 어지러움을 달고 살았다.
 그러면서 엄마, 혜진씨에 대해 수많은 '사이'를 건넜다. 포기와 기대 사이, 이해와 무지 사이, 애정과 짜증 사이, 그리고 불안과 믿음 사이. 그 사이에서 멀미하지 않으려 애쓰며 지냈다. 애쓴다는 것이 사실, 별 것은 없었다. 생각하지 않기였다. 생각나면 어쩔 수 없지만, 생각나더라도 깊게 생각하지 않기, 오래 생각하지 않기, 파헤치지 않기를 하며 지냈다. 그렇게 뇌의 한쪽 구석에 엄마, 혜진씨를 미뤄두는 법을 익혔다.
 혜진씨가 왜 그런 결정을 했는지부터 엄마는 어디서, 어떻게, 잘 지내는지까지 엄마, 혜진씨에 대한 의문을 생성하지 않고, 혹시나 질문이 생기더라도 결론을 내리지 않고 흐릿한 채로 뇌의 한 구석에 쌓아두는 법. 현서는 그 방법을 알게 되었다. 쌓아 둘 때 가슴 쪽에 물리적 자극이 일어나도록 두지 않는 법도 터득했다. 찌릿하거나 울컥하거나 그런 것 말이다. 머리, 뇌, 가끔은 활자로만 떠올리는 훈련을 하며, 현서는 혜진씨로 인한 불안감을 미뤄두며 일상의 균형을 유지하는 법을 체계적으로 알게 되었다.

 어떤 연락도 없었다. 다른 사람에게 걱정 끼치는 것을 가장 걱정하는 사람이 혜진씨였다. 그 모든 걸 모른 척하고 엄마, 혜진씨는 방향도 깊이도 짐작할 수 없는 곳으로 가버렸다. 마치 지구에서 사라진 것처럼 잠잠했다.

―엄마야.

 엄마. 엄마라는 글자가 이리 어려운 단어였나 싶었다. '엄마'라는 단어가 포함된 문장을 보는 것도 낯설었다.

―엄마야.

 이건 엄마가, 엄마 스스로, 자신을 엄마라고 칭하며 쓴 것이다. 현서는 그 세 글자를 한참을 보고 또 보았다.

― 현서야. 엄마야. 잘 있지?

엄마도 잘 있어.

엄마 주소. 1Old Bridge, Ban Muang Nga, pb 1420, Luang Prabang 06000 라오스.

보자.

짧은 메일에 들여쓰기가 두 번이나 있었다. 분명 엄마다. 3년 전인 현서가 고등학교 2학년이었을 때, 혜진씨는 경주에서 지내고 있었다. 경주에 방을 구했다며 거기서 지낼 거라는 말을 들었다. 좋은 생각이라고 혜진씨를 격려했다. 엄마가 멀리 있어서 괜찮겠냐며 혜진씨가 걱정했을 때에도 어차피 기숙사에서 지내는데 괜찮다고, 혜진씨 걱정이나 하라며 친구처럼 쿨하게 대꾸했었다. 그때 현서의 예상은 당시 유행했던 한달살이같은 것이었다. 혜진씨는 경주에서 2년을 살았다. 카톡도 없앴고 전화도 차단했다. 현서와 혜진씨도 메일로 얘기했다. 현서는 원래도 말이 적은 편이었는데, 혜진씨와 메일로 얘기하며 글까지 짧아졌다. 혜진씨의 글이 점점 짧아지면서 종종 현서에게도 '문장은 짧게, 들여쓰기하고'를 강조하곤 했기 때문이었다. 현서는 적절한 단어가 무엇인지, 적절한 문장 형태가 무엇인지를 고민하며 손가락을 움직이게 되었다. 그리고 혜진씨는 여덟 글자만을 남기고 사라졌다.

―잘 지낼게. 딸. 잘 지내.

현서는 다시 핸드폰 속 메일을 보았다. 혜진씨가 사라지기 전에 쓴 글에 비하면 무척 길다고 볼 수 있었다. 그 여덟 글자의 메일을 떠올리는 것은 여전히 현서를 울렁거리게 하는 방아쇠였다. 현서는 연습해 온 대로 엄마, 혜진씨에 대한 감정들을 뇌 한쪽에 스윽, 밀었다.

"으음."

그리고 다시 메일을 읽었다. 물음표 하나에 마침표가 다섯 개. 호흡이 짧다. 주소를 쓴 줄만 길었다. 주소는 영어로 되어 있었는데 마지막에 한글이 보였다. 짧아지려고 노력하다가 급기야 없어진 혜진씨였다. 그런 혜진씨를 고려할 때, 확실히 긴 메시지라 할 수 있다. 현서는 혜진씨가 보낸 과제를 알아내고 싶어섰다.

―라오스

'혜진씨가 라오스에 있다.'

라오스, 라오스, 라오스. 동남아에 있는 나라다. 과제의 목차를 정할 수 있을 것 같다.

'일단 여기까지.'

현서는 메일에서 빠져 나왔다. 그리고 서둘러 집에서도 나왔다. 헤드폰을 끼고 버스를 탔다. 조니 미첼의 노래가 자동으로 재생되었다.

'어쩐지 요즘 내가 조니 미첼을 듣더라니.'

조니 미첼을 알게 된 건 중학교 때였다. 혜진씨와 현서는 각자의 출근길과 등굣길을 함께 했다.

"현서야. 조니 미첼 틀어 줘."
"조니 미첼?"
"응."
"잠깐…나, 데이터 느려."
"오늘은 조니 미첼이 되어야겠어."
"무슨 말이야?"
"하하. 틀어봐. 라이브 음반으로."
"조니 뭐?"
"미첼"
"무슨 노래?"

"아무거나. 네 손가락이 누르는 거면 돼."
"또 독특하다. 혜진씨, 알았어."

 이후, 조니 미첼의 음악을 들을 때면 주변이 그날로 덮어쓰기가 되는 느낌이 들었다. 4월 마지막 주 아침이었고, 8시가 채 되지 않은 시간이었다. 현서는 중간고사를 막 끝냈고, 아침에 먹은 계란 프라이로 속은 부드럽고 따뜻했으며, 혜진씨가 차 안에서 마시고 있는 커피 향이 가득했다. 그리고 창밖으로 꽃가루가 스쳐가며 흩날리고 있었다

"좋지?"
"좋네."
"18만 넘은 우리 차가 새 차처럼 부드러워진 것 같지 않아?"
"않아."
"하하. 정확한 편이야. 딸."
"근데 왜 조니 미첼이야?"
"네가 들어봐."

 그 때 돌아본 혜진씨의 옆모습이 지금도 선명하다. 얼굴 주변으로 햇살이 퍼져서 눈이 부셨다. 혜진씨는 숨을 크게 쉬었다.

"휴우……"

혜진씨의 입안에서 햇빛이 부서졌다. 반짝이는 아침이었다. 그날은 현서에게 커피향의 후각, 조니 미첼의 청각 그리고 눈이 부신, 혹은 시린 느낌의 시각 혹은 촉각으로까지 남아있다. 감각이 모두 완벽하게 동원되어서였을까? 그날을 떠올리는 일에 종종 아련함과 더불어 슬픔이 따라 붙기도 했다.

그날부터 일주일 정도를 조니 미첼만 들었다. 모조리 다 찾아 듣고 말겠다는 일념으로 시험 때도 안 새던 밤을 샜다. 생각해 보니, 혜진씨가 '되어야겠다'고 말한 것이 자꾸만 걸렸던 것 같다. 조니 미첼이 되는 게 뭐지, 혜진씨의 흐릿한 화법에 익숙한 딸이라고 자부했는데 이 말은 좀처럼 잡히지가 않았다.

'조니 미첼이 되어야겠어.'

이 말이 숙제처럼 맴돌았다. 알 듯 말 듯 한 간지러움으로 현서의 뇌의 한 쪽에 자리 잡았다. 그런 이유로 현서의 플레이리스트에는 조니 미첼이 오래도록 올라 있었다. 학교 앞 도로에서 차 문을 열고 내리던 현서가 혜진씨를 향해 물었다.

"그래서 오늘 어떻게 지낼건데?"

"음, 적절하게."

"엥?"

"하하. 얼른 가. 정차 오래 안 돼."

혜진씨의 그날, 그 '적절하게'가 어떤 의미였는지 모르지만, 조니 미첼 노래를 들으면서 현서는 나름의 적절함을 경험했다. 특히, 입시 때 조니 미첼의 적절함은 빛을 발했다. 붙을 것 같은 예감보다 떨어질 것 같은 예감이 이미 압도적인 수시 지원이었지만, 그래도 하나 둘씩 떨어질 때마다 현서는 자신을 둘러싼 세계의 차원이 달라지는 느낌이 들었다. 처음엔 채도와 명도가 달라졌다. 주변에서 색이 느껴지지 않았다가, 빛이 안 보였다가 다음엔 산소량과 중력이 달라짐을 느꼈다. 땅 속 어딘가에서 조금씩만 숨을 쉬며 더 깊이 천천히 가라앉는 공간을 경험하고 있었다.

그렇게 몸보다 마음이 무거운 날, 조니 미첼을 들었다. 조니 미첼은 밝아도 가볍지 않았고, 슬퍼도 무겁지 않았다. 사는 건 그 정도의 무게를 기본값으로 장착하고 그렇게 기쁘고, 그렇게 우울한 거라고. 합격과 불합격, 환희와 좌절의 간극을 좁혀주는 느낌이었다. 인생에 있어 밝음과 어둠이 대척점이 아니라는 것을 현서는 조니 미첼로 알았다. 현서가 혜진씨보다 조니 미첼을 더 많이 들었을 수도 있었다. 그 확률이 높았다.

조니 미첼의 노래와 함께 현서는 버스에서 내렸다. 그리고 핸드폰에서 메일로 다시 들어갔다.

— 현서야. 엄마야. 잘 있지?
 엄마도 잘 있어.
 엄마 주소. 1Old Bridge, Ban Muang Nga, pb 1420, Luang Prabang 06000 라오스.
  보자.

일단, 혜진씨가 잘 있다. 현서는 숨을 크게 쉬었다. 다행이었다.

"휴우……"

현서는 윤재영에게 톡을 남겼다.

—미안. 윤재영. 오늘 못 보겠다. 급한 일이 생겼어.

1이 실시간으로 사라졌다. 그럴 리가 없는 윤재영인데. 긴장하고 있긴 했나 보다.

—왜?
—미안해. 나중에 얘기할게.

―오늘 나한테 꼭 할 얘기 있다고 했잖아. 나 긴장 중인데.
―나중에. 미안.

 윤재영의 톡은 한동안 계속 이어졌지만 읽지 않았다. 사라지지 않는 현서의 1에 윤재영의 톡도 멈췄다. 현서는 엄마의 주소를 유심히 보았다. 루앙프라방, 라오스에 있는 도시였다. 태국이나 베트남도 아니고 라오스라니. 그것도 아직 낯선데 루앙프라방까지 적응해야했다. 항공편을 검색했다. 루앙프라방으로 가는 비행기 티켓은 직항도 많지 않았고, 게다가 비쌌다. 현서는 통장에 있는 돈을 확인했다. 틈틈이 과외하며 모아둔 돈이었다. 라오스로 가는 비행기 티켓은 비엔티안이 대부분이었다. 수도라서 그런지 싼 직항이 많았다. '비엔티안까지만 일단 가보자.' 비엔티안으로 가는 항공편을 예약하는 동안 헤드폰 안에서 조니 미쳴의 음악이 귀를 통해 몸 안 곳곳을 흘러 다녔다.

'적절해졌어. 뭔가.'

 현서는 길을 건너서 집으로 가는 버스를 탔다. 비행기는 내일 아침 10시 40분이었다. 오늘 짐을 싸고, 비엔티안이 어떤 곳인지도 보고, 숙소라도 예약하려면…… 윤재영과 만날 시간은 없었다. 꼭 해야 하는 얘기, 머릿속을 지배하고 있었던 그 얘기, 어제만 해도

1초라도 빨리 얘기해야 한다고 생각했었다. 그런데 지금은, 그 얘기를 하는 것이 그다지 급한 것 같지 않았다.

온종일 라오스와 비엔티안만 생각했다. 검색하고 정보를 모으고 심지어 라오스의 역사와 지리 지형, 음식까지 알게 되었다. 벼락치기는 혜진씨로부터 받은 유전이었다. 라오스 언어도 몇 개 외웠다. 숫자도 셀 수 있었다. 현서는 혜진씨처럼 벼락치기가 가능했지만, 혜진씨와는 달리 즉흥보다는 준비하는 것을 즐거워하는 사람이었다. 일본에서 주최하는 락페스티벌에 간 적이 있었다. 프로그램이 꽉 짜인 여행인데도 6개월 전부터 준비하고 확인했다. 당연히 페스티발 음악을 모조리 섭렵했으며, 뮤지션을 탐구했다. 심지어 겨우 이틀뿐인 자유시간에 미술관, 박물관 방문 타임테이블까지 만들어 계획했고, 전시 관련 책을 탐독했다.

혼자서도 충분히 충만한 시간을 만드는 데에 공을 들였다. 그 때의 여행을 준비하며 현서는 자신이 그런 사람이라는 걸 알게 되었고, 그런 자신에 뿌듯함을 느꼈다.

라오스는 즉흥적일 수밖에 없었지만, 비행 시간이 있었다. 그 다섯 시간이면 모아둔 정보를 점검하는데 충분할 것이다. 어쩌면 꽤 여유가 있을 수도 있다. 책도 읽고. 음악을 듣다가, 라오스 정보를 확인하는 데에 무려 300분은 흘러 넘치는 시간이었다. 옆자리의 그 남자만 아니었어도.

"안녕하세요."

옆자리 남자가 말을 걸었다. 현서는 책은 펼쳐 놓기만 하고, 머릿속으로는 할 일을 떠올리고 있었다.

"안녕하세요. 비엔티안 혼자 가세요?"

남자는 다시 한 번 말을 걸었다. 옆으로 고개를 돌려 남자를 확인했다. 작은 키에 작은 몸집, 짙은 피부색을 지닌 남자였다.

"네."

현서는 바로 고개를 돌려서 책에 눈을 꼬정했디. 지언스럽고 소심한 단절이었다.

"아. 저도 혼자 가는데 괜찮으시면 잠깐 얘기해도 될까요?"

남자의 영어는 유창하고 정중했다. 거절하면 무례한 느낌이어서 다섯 시간이 불편할 테고, 계속 얘기하기엔 다섯 시간이 피곤할 터였다. 원래도 말하는 것이 피곤한데 더더욱……이라는 생각을 할 무렵, 남자가 다시 말을 했다.

"아, 잠깐. 잠깐만 얘기해요."

 남자는 잠깐에 힘을 주어 말했다. 현서는 읽던 페이지에 손가락을 넣고 책을 덮었다. 남자는 미국에서 전자공학을 전공하는 대학원생이라고 했다. 나이는 스물 여덟, 태국사람인데 유학생이라 했다. 캐나다로 혼자 여행을 갔다가 같이 유학하는 인도 친구와 라오스에서 만나기로 했는데 직항이 여의치 않았다고 했다. 인천공항을 경유해서 이 비행기를 탄 것이 본인이 여기에 있는 이유라고 설명했다. 몇 개 안 되는 문장 안에 미국, 태국, 캐나다, 인도, 라오스…몇 개국이 돌아다니는지 어지러울 지경이었다. 남자가 말하는 동안 "정말요?"를 다섯 번이나 말했다.

"비행기에서 책 보는 사람 오랜만에 봐서 말을 걸었어요."
"네?"
"다들 핸드폰을 보거나 영화를 보거나 자거나인데, 책을 보고 있어서 궁금했어요."
"그런가요?"
"실례가 안 된다면 무슨 책인지 물어봐도 돼요? 제가 한글은 몰라서 알 수가 없네요."
"노인과 바다요. 헤밍웨이." 책을 뒤집어 헤밍웨이 얼굴이 나와 있는 표지를 보여주었다.

엄마가 루앙프라방에 있다

"와우. 진짜요? 맞네요. 헤밍웨이. 와, 진짜 말 걸기 잘했네요. 신기해. 신기해. 노인과 바다라니."

뭐가 신기하다는 건지 알 수 없지만 남자는 'Wow, The Old Man and the Sea, The Old Man and the Sea'를 반복해서 중얼거렸다. 그리고는 현서를 향해 말했다.

"이제 방해하지 않을게요. 계속 읽어요. 계속."

남자는 현서를 기특하게 보고 있었다. 지금, 여기 이 남자와 현서의 관계에서 기특함은 어울리지 않는 감정이었다. 뭐지? 갑자기 그 남자의 딸이라도 된 듯한 느낌이 들었다. 이런 느낌, 오랜만이었다. '노인과 바나', 그리고 보니 현서는 '노인과 바다'를 읽고 있었다. 혜진씨의 책이었다. 자기도 모르게 혜진씨의 책과 혜진씨의 음악을 듣고, 혜진씨가 있는 곳으로 가까이 가고 있었음을 새삼 알아챘다. 책장 사이에 넣었던 손가락을 빼고 다시 책을 펼쳤다.

책 속의 노인은 오랫동안 고기를 잡지 못한 불운한 상태에 놓여 있다. 노인에게 고기잡이를 배운 속 깊은 소년이 음식을 가져다주고, 노인이 미안하거나 고마워하지 않도록 배려하며 말하고 있다. 노인 또한 소년의 호의를 당연히 여기지 않는다. 고마워하지만 비굴하지 않다. 노인은 감사의 말 한마디로 서둘러 고마움의 무게를 벗어버리려 하지 않는다.

'적절하다. 이들.'

 책 속의 소년은 실패하는 노인을 동정의 시선으로 보지 않고, 노인 역시 가난하고 불운한 자신을 불쌍히 여기지 않는다. 가난한 소년이 더 가난한 노인에게 고기잡이를 배운다. 그리고 가난에 불운까지 겹친 노인에게 여전히 가난한 소년이 음식을 준비한다. 소년은 섣불리 말하지 않는다. 그런 처지임에도 그런 상황을 만들어서 그렇게 애를 써서 가져온 음식임을 내세우지 않는다. 말하지 않을 뿐더러, 그런 방식으로 생각조차 하지 않는다.
 현서는 전에도 이 책을 읽은 적이 있었다. 그때는 눈치채지 못한 느낌이었다. 상황에 압도되지 않은 사람들을 보는 것이 오랜만이었다. 가난과 실패라는 상황에 빠져도 그것에 휘둘리지 않고, 자신을, 그리고 중요한 무언가를 잃지 않는 사람들을 보고 있었다.

'그래서 이 소설이 고전이 된 건가?'

 남자가 조그맣게 코를 골았다. 기장은 난기류로 안전 벨트를 조이라고 말하고 있었다. 승무원은 비틀거리며 승객들에게 안전 벨

트를 권유하며 다녔고, 뒷자리 여자는 화장실을 가려다 제지당했다. 비행기는 꽤 흔들렸다. 남자는 여전히 코를 골았다. 숨소리보다 조금 더 큰 소리였다. 그 소리에 오히려 마음이 편해졌다. 대화 좀 나눴다고 아는 사람이 된 듯하다니. 생각해 보니 지금, 여기에서 현서와 가장 가까운 사이는 이 남자였다.

"어어어."
"어."
"앗."

사람들이 소리를 질렀다. 여기저기 짧은 비명이 튀어나올 만큼 비행기가 덜커덩거렸다. 현서는 남자 쪽으로 시선을 돌렸다. 남자는 여전히 낮게 코를 골며 자고 있었다. 현서의 마음이 잔잔해졌다.

'나를 기특해해서 그런가?'

비행기 상황이 위태로워진다면 왠지 남자가 자신을 모른 척하지 않을 것 같았다. '말도 안돼.'라고 생각하면서도 남자의 숨소리에 마음이 놓였다.

"솔플에 익숙해져야 해."

기숙사가 있는 고등학교로 가게 되었을 때 현서가 혜진씨에게 했던 말이다.

"오. 기특한데. 김현서."
"기숙사여서 룸메랑 지내고, 친구들과 삼시 세끼 다 먹고, 함께 지내고 그러니까 사람들과 잘 지내는 것이 매우 중요할거라 다들 생각하겠지만, 그것보다."
"그것보다?"
"솔플이 중요해. 혼자서 잘 자고, 혼자서 잘 먹고, 혼자서 잘 놀고, 그것에 집중하는 것이."

비행기는 남자의 숨소리와 함께 평온하게 비엔티안에 착륙했다.

'같이 있는 것도 나쁘지 않네.'

남자는 자신의 인도 친구에게까지 현서를 인사를 시킨 후에야 작별했다. 비엔티안은 무척 작은 도시였다. 중심부에서 약 2km 떨어져 있다고 소개된 호텔을 예약했다. 여행자 거리에 있는 게스트하우스를 가기에는 사전에 준비할 시간이 부족했다. 시간을 들여서 여행지를 연구해야 믿음이 생기는데 그 믿음이 생기기 전에 결정을 해야 하는 상황이었다. 그래서 게스트하우스보다 비교적 안전한, 호텔을 예약했다. 호텔이라는 이름이었지만 작은 리조트 같았다. 3층이 가장 고층이었고, 동남아 특유의 조경과 그 나무와 꽃들을 품은 수영장은 사진을 찍어서 SNS에 올려야 할 것 같았다.

'비싼 곳이 아니었는데.'

 잘못 봤나 싶을 만큼 근사했다. 방이 무척 넓은데다 진한 나무 바닥이 매끈하게 반짝거렸다. 천장부터 바닥까지 늘어져 있는 창이 네 면 중에 두 면이었고, 수영장과 정원이 바로 보였다. 화장실조차 넓었다. 서울에 있는 현서의 방보다 큰 화장실을 보니 샤워도 하기 전에 벌써 상쾌해진 기분이었다. 높은 천상에는 큰 팬이 느리게 돌아가고 있었다. 다섯 시간의 비행이 만든 눅눅한 냄새가 그 바람만으로도 충분히 털려 날아갔다.
 한동안 창밖을 바라보며 소파에 앉아 있었다. 빗방울이 시작되었고, 곧 빗줄기로 쏟아졌다. 수영장에 있던 젊은 엄마와 젊은 아빠는 어린 딸을 타월로 싸고 뛰어 들어갔다. 젊은 엄마는 쓰나미라도 맞이한 듯, 어린 딸이 젖는 것을 걱정했고, 어린 딸은 빗소리보다 더 크게 깔깔거렸다. 보고 있는 동안, 현서는 어지러움을 느꼈다.

—대체 어디를 간 건데?

윤재영에게서 카톡이 다시 시작되었다.

—라오스
—라오스?
—응.
—동남아? 그 라오스?
—응.
—헐. 왜?
—음……
—뭐야? 음……이라니?
—일단…… 생각해 볼게.
—뭐야. 김현서. 뭘 생각해? 너 괜찮은 거야?
—응.

 혜진씨도 비엔티안을 들렀다 갔으려나? 바로 루앙프라방으로 가지는 않았겠지? 1년 10개월 전쯤 이 근처에 있었겠네…뽀송한 몸과 세찬 빗소리 속에서 엄마, 혜진씨 생각을 했다.
 새소리에 잠이 깼다. 처음 들어보는 이국적인 소리였다. 새소리를 듣자마자 라오스에 있음을 깨달았다. 꿈에 혜진씨가 나왔다.

선명하게 기억나지 않지만 분명 엄마였다. 마음속에 큰 동요는 없었다. 조식을 먹고 정원을 산책했다. 이국적인 소리를 내는 그 새를 보고 싶었는데 더는 들리지 않았다. 새벽에만 우는 새였나? 평화로운 아침이었다. 평화롭다니? 아는 사람도 없고, 정확히 어디인지도 모르는 데다, 이 나라에 대한 일반적인 정보도 부족한 채로, 심지어 하루 아침에 와 있는데……평화롭다니.

새소리에 재잘거리는 아이 소리가 섞이기 시작했다. 어제 보았던 젊은 부모와 어린 딸이 다시 수영장으로 향하고 있었다. 마음속이 일렁거렸다. 어제 어지러웠던 이유를 알았다.

'방아쇠.'

현서는 서둘러 짐을 챙겨서 체크아웃을 했다.

'중심부에서 2km.'

호텔에 대한 위치 설명이었다. 걸어서 움직일 수도 있겠다는 생각으로 선택한 호텔이었다. 역사박물관을 찍고 도보를 선택했다. 4.5km였다. 멀다. 호텔 소개에 표시된 2km는 지도의 직선거리를 말하는 것이었다. 배낭을 멘 상태여서 두 손이 자유로웠다. 서울에서 짐을 꾸리며 캐리어와 배낭 사이, 어깨의 자유와 손의 자유 사이에서 고민하다가 손의 자유를 선택했던 것이다. 핸드폰을 들고 맵을 보며 방향을 잡고 걸었다. 10분도 되지 않아 어깨가 반항했다. 10분이 더 지나자 땀이 흘렀고, 그 뒤 10분이 채 지나지 않아 핸드폰 속 맵의 길과 눈 앞의 길이 다르다는 것을 알아챘다.

핸드폰 속 맵을 뚫어져라 보았다. 왕복 2차선의 좁은 도로가 주요 도로였다. 어려울 게 없었다. 문제는 도로의 위치가 도로 중심이 아니라, 기존에 있던 주택 중심이라는 것이었다. 도로를 구획하며 도로에 방해가 되는 집과 공원 혹은 다른 시설들을 없애지 않고, 그것들을 그대로 둔 채 남는 부분에 도로를 건설했음을 알 수 있었다. 도로는 골목길처럼 가지를 뻗어가고 있었고, 곡선으로 보이는 데도 여러 군데였다. 핸드폰 속 맵과 눈앞에 펼쳐진 도로를 일치시키느라 현서의 머리가 뜨거웠다. 땀이 부지런히 현서의 눈을 가리고 있었다.

길을 잃었다. 비엔티안에 도착한 후, 처음으로 당황했다. 사람들에게 물어보는 원시적인 방법을 써야 할 것이다. 한국에서는 누구에게 말을 걸 이유가 없었다. 대중교통 앱과 지도 앱만 있으면 어떤 곳도 다 갈 수 있었다. 혼자서 충분히 가능했다. 어떤 상황에도 당황하지 않는 한국 생존 노하우를 습득하고 있었다. 혼자서 지내는 것, 혼자서 노는 것에 현서는 자신감이 있었다. 그것은 현서를 지탱하는 탄탄한 기둥이기도 했다.

'여기가 외국이, 외국이 맞긴 맞네.'

누군가에게라도 물어보아야 했다. 그런데 영어는 잘 통할까?

"실례지만 길을 물어도 될까요?"

현서가 천을 두른 듯한 의상을 입고 있는 여자에게 말을 걸었다. 이 골목, 아니 도로에 있는 유일한 사람이었고, 다른 선택지는 없었다.

"그럼요."

여자는 붉은 입술을 옆으로 벌려 시원하게 웃으며 말했다. 영어가 된다.

"여기 가고 싶은데 어떻게 가야 할까요?"

핸드폰 속 맵에 표시된 역사박물관을 보여주며 말했다.

"역사박물관이요? 여기 가려고요?"
"네."

"어머. 여기 매우 작은 박물관인데, 보자."

여자는 핸드폰 길을 확대하며 보았다.

"그런데 걸어가려구요?"
"네."
"걷기엔 좀 멀지 않아요? 힘들텐데."
"다른 방법은 잘 몰라서요."
"음. 저 따라올래요?"
"네?"
"요 앞에 제 사무실이 있어요. 거기에 제 차가 있어요. 데려다 줄게요."
"네? 아니, 그렇게까지는"

여자는 말리기도 전에 성큼성큼 걸어갔다.

"아니, 저기요."

그러지 않아도 된다고 말하며 여자를 따라갔다. 여자는 오른쪽 골목으로 들어가며 뒤를 돌아보며 말했다.

"여기에요. 제 사무실."

 골목에 접어들자마자 전면이 유리로 둘러싸인 곳이 보였다. 자동차 대리점이었다. 여자는 웃으면서 유리문을 열고 안으로 들어갔다. 유리벽은 여자의 웃음만큼 투명하고 빛났다. 여자가 문을 열자 쾌적한 에어컨 공기가 따라 나왔다. 차가운 공기는 현서를 강하게 끌고 들어갔다. 여자는 뿔테 안경을 낀 남자에게 차키를 건네받았다. 그리고 따라오라며 밖에 주차되어있는 검정색 SUV로 갔다.
 이래도 되나? 민폐인데. 이래도 되나? 너무 고마운데. 이래도 되나? 모르는 사람의 차를 타다니. 이래도 되나? 외국에서. '이래도 되나?'의 의미를 다섯 가지쯤 생각하던 중에 여자가 차를 세우며 말했다.

"여기에요."

 오른쪽에 '역사박물관' 표지판이 보였고 그 위로 햇빛이 쏟아지고 있었다. '이래도 되나'라는 고민은 강제로 종료되었고 현서는 허둥지둥 차에서 내렸다. 할 말을 결정하지 못해 머뭇거렸다. 순간이나마 의심을 품고 공포스러워했던 마음이 민망하고, 미안했다. 또 기대하지도 못했던 과분한 호의가 고마웠으며 심지어 별일 아니라는 여자의 태도는 멋있었다. 미안하다, 고맙다, 멋있다 중에 무엇부터 말해야 할지 고민하다가 하마터면 감사하다는 말도 못하고 보낼 뻔했다.

"감사합니다. 매우 감사합니다."

감사하다는 말을 두 번이나 해도 소박하게 들렸다.

"좋은 여행 하세요."

여자는 시원스레 웃었다. 붉은 입술이 환하게 반짝거린다고 생각하는 동안 검정색 SUV가 사라졌다. 에어팟을 꽂으니 조니 미첼이 'A case of you'를 적절한 템포와 적절한 목소리로 부르고 있었다. 현서는 환해지고 있는 자신의 얼굴을 시각이 아닌 촉각으로 느낄 수 있었다. 정오를 향해 달려가는 라오스의 햇살보다 환해지고 있었다. 한 시간 후에 역사박물관을 나섰다. 에어팟을 귀에 꽂자, 조니 미첼의 'Big yellow taxi'가 튀어나왔다.

'어.'

조니 미첼이 달라져 있었다. 라오스에 오기 전의 조니 미첼은 듣다 보면 무엇으로부턴든 적절한 거리로 떼어 주는 관조적인 존재였다. 가볍게 툭툭 털며, 사뿐사뿐 걸으며 노래했었다. 라오스의 조니 미첼은 비엔티안의 땡볕 아래 락페스티벌 무대처럼 뜨거웠다. 관중석으로 몸을 던져서 그 손들을 타고, 손에 밀착해서 떠다니고 있었다. 조니 미첼은 지금, 모든 것을 익혀 흐르게 하고, 모든 것에 끈적하게 눌러 붙어 원형을 무력화하며 노래하고 있었다.

'달라.'

음표는 거리 곳곳에 달라 붙어 현서와 비엔티안을 연결했다. 노래와 달라 붙은 거리는 현서의 과거, 현재, 미래를 통과하며 현서의 시간과 접속했다. 막 이곳에 온 이방인을 오랫동안 이 곳에서 살아온 사람으로 바꾸는 마법같은 순간이었다. 배낭이 어깨를 누르는 힘도 달라졌다. 무겁지 않았다. 배낭은 엄마, 혜진씨때문에 짊어진 것이 아니라 현서 스스로의 여행을 위한 필수품이 되었다. 자신의 몫으로 받아들이자 물리적 무게만 감당하면 충분했다.

'그간 더 무거웠던 것은……'

목구멍을 막고 있던 덩어리 하나가 내려갔다.

'그랬구나.'

숨이 들락날락하는 기도가 넓어졌다. 숨이 자연스럽게 들어갔다가 자연스럽게 나왔다. 그동안 숨을 그렇게, 그 정도만 조금씩 쉬고 있었다는 것을 몰랐다니. 엄마, 혜진씨를 벗어나 오롯이 라오스, 비엔티안과 현서가 연결되고 있었다.

"휴우우우우..."

핸드폰으로 여행자 거리를 확인하고, 방향을 살폈다.

'직진.'

12시 40분. 시간을 확인하고 핸드폰을 메신저백에 넣었다. 현서는 라오스의 태양을 피하지 않았다. 라오스에 온 지 24시간이 되지 않았지만 그 사이 맵을 보지 않고 걸을 수 있는 사람이 되었다. 여행자 거리에 도착한 현서는 바로 루앙프라방으로 가는 기차표를 예매했다. 그리고 혜진씨에게 메일을 보냈다.

―혜진씨. 나 딸. 비엔티안이야. 루앙프라방에서 봐.

루앙프라방으로 향하는 기차에서 혜진씨의 답장을 받았다. 우기로 불어난 메콩강은 황톳빛을 품고 빠르게 흘러가고 있었다. 일몰 명소인 루앙프라방 푸시산에서는 관광객들이 모기를 쫓아내며 사진을 찍었다. 그들 사이에서 일몰의 주홍빛 바람을 가르며 뛰어가고 있는 현서의 모습이 보였다.

작품해설

쓰기; 경계를 밀어 나아가는 힘

신승은

'목에 턱' 걸리는 '무엇'에 관한 이야기

강진영의 소설은 '목에 턱' 무엇인가 걸리게 하고는 곧 끝나버린다. 서사가 층층이 쌓이고 이어지며 치달아가다가 '목에 턱!'. '왜 이렇게 되었는지, 지금 어떠한지'는 독자의 몫이다. '타자의 자리에 서서 사유하는 것'이 어려워지고 불가능해졌다고 할 때, 작가는 이런 결말을 통해 '그래서!'의 몫을 독자에게 돌려준다.

'반전'이 인상적이라고들 말하는 작가의 이야기는 인과 관계와 논리적인 연결을 가진 설명으로 이해되지 않는 우리의 현실을 그대로 보여준다. '알고 보니' 그랬던 것이고 이럴 줄 알았다면 '그러지 않았을' 네 편의 이야기를 만나는 일은 아프지만 쾌감을 동반한다.

강진영 작가는 첫 번째 소설집 『아뇨』(강진영, 2022)에서 경계에 선 인물들을 그렸다. 집을 떠나서 길을 걷는 혜진 씨는 단지

'걸었을 뿐'이지만 '나아가고 있는' 현재형 존재로 바뀌었고, '살아보지 못해서 기억하지 못하는 시간을 그리워하던' 슬픈 필성은 삶과 다른 삶의 경계에 있었다. 경계에 선 인물들은 신체의 고통과 감정의 혼란을 함께 느낀다. 이제 막 '노화'가 시작됨을 느끼는 여성, 희정의 '몸이 맘대로 되지 않음'은 통제 밖의 인물과 연결되고, '도움이 되는 삶'과 '폐가 될 수도 있는 삶'의 경계에서 '담' 때문에 꼼짝 못하는 정림은 앞으로 더해질 뿐인 고통을 어떻게 만날까를 고민한다. 강진영의 두 번째 단편소설집 '해피엔딩'에서는 경계에 선 인물들의 '그 다음'을 말한다. 경계에 충분히 머물렀던 이들은 다른 장으로 넘어간다.

침공의 기록

약자들이 할 수 있는 일은 다만 '기록'이다. 기록은 상황을 정리할 수 있고 다음을 준비할 수 있게 한다. 첫 번째 단편소설 '침공'은 침공을 '당하는 나'를 '기록하는 나'로 바꾸면서 시작된다. 읽는 이들은 불안하지 않다. 이미 '나'가 사건을 들여다보고 있다는 것을 알기 때문이다.

긴 비가 그친 어느 날, 세상을 채운 맑은 날을 즐기던 '나'는 관계 맺는 것은 어렵지만 일정 공간 속에서의 관계의 적절성을 사유하는 철학적인 존재이다. 룸메와 공간을 공유할 수 있었던 것은 룸메가 나중에 들어온 이가 편안해질 때까지 '기다릴' 수 있는 사람이기 때문이다.

둘의 공간에 들이닥친 세 명의 개체(20p). 이해 불가, 소통 불가의 대상이 자신의 공간으로 침공한 상황에서 철저하게 고립감을 느끼는 '나'의 눈을 통해 독자도 자신의 공간에 침입한 개체를 마주한다. 당혹감으로 '나'를 둘러싼 세계가 무너지고 '미지(未知)'가 공포의 대상이 된다. '나'에 의해 해석되는 그들(28p)은 '나'에겐 '몬스터'일 뿐이다. '그들'이 침략의 의지가 없었다고 아무리 이야기한들 소용없다, 그때 '나'에게 필요한 것은 '섬세한 배려와 시간'이지 '설명'은 아니다. 작가는 폭력이 '나'에게 중요한 것을 중요하게 생각하지 않는 지점에서 시작되는 것을 포착한다. '종(種)이 다름'을 극복할 수 있는 것은 '무례하지 않음'과 '강요하지 않음'이다.

작가는 '나'가 세상을 어떻게 보고 있을지를 세밀하게 그려낸다. '나'의 눈빛, 시선이 멈춘 곳에 작가의 시선이 닿아 있다. 작가는 감정과 사유와 몸의 연결감을 잘 그려낸다. 이야기의 마지막에서, '나'의 수많은 질문이 '나'의 몸을 지배(32p)하는 극한에 다다른다, 하지만 '나'는 그대로 당하지 않는다. 리듬감 있는 사유의 끝, '나'의 귀여운 저항은 우리를 웃게 한다. '니야옹'이라니!

위트와 반전이 있는 이 소설은 가볍게 읽을 수만은 없다. 반려동물이 되어버린, 인간보다 작고 약한 존재에 대해 언제든 손을 뻗으면 닿을 수 있고 주도할 수 있다고 생각하는 오만함은 필연적인 '오해'를 만들 수 밖에 없고, 그것은 일종의 '폭력'으로 계속되고 여러 가지 모습으로 변형되기 때문이다.

마시멜로 증후군 탈출기

'치사하다'는 '행동이나 말 따위가 쩨쩨하고 남부끄럽다'는 감정을 말한다. 따라서 '치사함'을 느끼는 이들은 자신의 행동이나 말을 돌아볼 줄 알고, 그것을 자기와 분리하여 살피고, 타인의 감정을 의식한 이들이다. 하지만 이들이 자신을 '치사한 사람'일까 봐 주저하게 하는, '더 치사한 이들'은 행위의 의미나 영향 따위는 관심 밖이다. 오직 아주 작은 이익이라도 놓치지 않기 위해, '차마 치사해서 말하지 못하는 이'들의 침묵을 이용한다.

작가는 '마시멜로 증후군'을 앓고 있는 이를 찾아낸다. '마시멜로 증후군'은 부풀어 오르는 마시멜로 사이에서 '마취 상태'(40p)에 이르고, 이때 만들어지는 시간의 불균형을 겪는 현상을 말한다. 연선은 '뛰어난 역량'에도 불구하고 더 많은 역량을 요구하는 사회에서 매번 실패를 경험하는 사회 초년생이다. 그녀가 당장 할 수 있는 일은 '생각을 없애는 데 딱인' 글로벌 기업의 카페 알바였다. 하지만, 취업의 불안과 실패감보다 더 크게 그녀를 병들게 한 것은 바로 카페의 동료였다. '스텔라'는 '제니'(연선)의 성과물을 자연스럽게 본인의 공으로 만드는 사람, 슬며시 자기 일을 넘기면서도 언제든 피해자의 자리에 설 수 있는 사람, 당연한 것을 꼬아

'많이 곰곰이 생각하게 만드는' 사람이다. 그런 사람과 같은 공간에 있는 것은 '생각이 많아지게' 한다. '생각을 없게' 하려고 찾아간 공간에서 오히려 더 첨예하게 예민해진 연선은 마시멜로 증후군을 앓게 된다. 연선은 '찜찜하고 끈적한 것을 묻힌 채' 해야 할 말들을 할 타이밍을 놓치는 일이 빈번했고, 생활의 고단함과 번잡스러움을 당해낼 재간이 없어 스스로를 '과민'으로 몰고 상황을 매번 뭉개왔다(고 생각한다). 하지만 고통의 감각은 살아 상대방에 대해서 날이 선 채 살아가는 하루하루는 뭉개지지 않는다.

'두유 옵션을 못 본 실수'를 너무도 자연스럽게 '제니(연선)'에서 떠넘긴 스텔라는 어디서 많이 본듯하다. 잘못을 인정하지 않거나, 모르거나, 사안과 전혀 다른 이야기를 해서 상황을 모면하려는 이들을 우리는 수없이 만났던 것 같다. 작가는 그런 사람들을 이름도 거창한 '스텔라'로 소개한다. 그들은 모호하고 뜬금없는 '권한'과 같은 단어를 선택하는 천재적 재주가 있다. 그런 사람들에게 '제니'인 연선은 어디서부터 어떻게 말을 해야 하는지 도통 모른다. 어영부영 피해자가 능력이 부족하거나 인성이 안 좋은 사람으로, 가해자는 어느새 애쓰는 사람으로 연출되는 그때, 연선의 '마시멜로'는 처음 시작된다. 아무 생각도 할 수 없는 주체가 사라져버리는 시간이 시작되는 것이다. '문제 상황을 방치하면 잊히지 않을까'하는 막연한 낙관은 '무슨 권한'으로 표현되는 위계와 '형식' 속에서 정작, 관계와 주체의 실종과 맞닥뜨리고, 사라지는 시간은 하루로 거대해진다. 구석에 몰려 옴짝달싹하지 못하는 부당함의 끝에서 드디어 '마시멜로 증후군'이 정체를 드러낸다.

'마멜탈(마시멜로증후군탈출기)'은 '기억상실과 마비증상, 감정 장애 질환'에 갇힌 이들이 만든 까페이다. 독자들도 알다시피 피해자는 한 명이 아니다. 다행히 그들은 '쓰기'를 통해 연대한다. 카페에서 찾은 방법은 '발생한 집단에서 스스로 키워드를 찾아내야' 한다는 것이다. '결국 스스로가 자신이 있는 공간에서 자신의 심리를 건드리는 것이 무엇인지 찾아야 하는 상황'에 처했을 때 독자는 연선을 응원한다. 너도 '신의손'처럼 찾을 수 있을 것이라고. 스텔라따위는 물리칠 수 있다고.

하지만 작가는 또다시 우리의 뒤통수를 칠 준비를 한다. '스텔라'가 끝이 아니었다. 상대가 누구인지 상관없이 자신의 이익을 위해 기꺼이 무례할 수 있는 자들은 어디에서나 불쑥불쑥 나타난다. 무엇이 무례인지도 모른 채 자신에게 유리한 상황에 눈물겹게 감사하면서. 결국 '뻔뻔하지 못하고 치사스러움을 아는 자'들은 매번 할 말을 잃는다.

마지막, 연선이 찾은 '두 글자'는 무엇이었을까? 독자들은 각자의 언어로 이 상황을 번역할 기회를 얻는다. 다행히 연선은 답을 찾고 삶의 감각을 회복한다. 연선처럼 독자들도 이제 더 이상 당황할 필요가 없다. 우리의 인지 안으로 들어온 '마시멜로 증후군'은 더 이상 감당 안 되는 상황이 아니다. 덕분에 상황을 어떻게

다룰지의 문제만 남는다.

'거스러미와 마시멜로'는 거대한 폭력과 상처에 대한 이야기가 아니다. 작가는 너무나 사소해서 말하기 치사해지는 일상의 지점에서 한껏 우리를 불편하게 만드는 이들의 모습을 고스란히 보여준다. 독자는 알아챘다. 이런 사소한 훼손들로 삶을 묘하게 불편하게 만드는 이들의 무사유를 거부할 때가 되었다고. 너무나도 오래된 '치사한 폭력'의 역사 앞에 성찰하는 이들의 피해는 그만 끝내고, 연습해서라도 '거부와 거절'의 방법을 익혀 더이상 그들의 치사한 행위가 계속되지 않게 하고 싶어진다.

'한세연 쓰기'

'한세연 쓰기'는 첫 장면부터 독자를 놀라게 한다. '할머니를 부러워하는', '죽은', '젊은 세연'과의 대화라니. 어느 하나 그냥 넘어 가지지 않는다. 그리고, 연주가 등장한다. '세연의 죽음'을 쓰라는 정훈과 쓰지 못하겠다는 연주. '쓴다'는 것이 무엇이길래 둘은 '해야 함'과 '할 수 없음'을 이야기할까. 작가는 그렇게 우리를 세 명의 이야기로 급작스럽게 끌고 간다.

유복한 환경에서도 주위 사람의 생각을 읽어낼 수 있는 섬세한 정훈과 어려운 환경에서 감수성을 가진 연주, 그리고 세연이 맺은 특별한 우정은 신춘문예에 당선된 세연을 축하하는 사진에 고스란히 나타난다(87p). 작가는 공을 들여 이들의 관계를 말한다.

'여자'와 '남자'의 관계로 일갈되는 것이 아니라 '정훈'과 '세연'과 '연주'가 가진 것들이 서로의 세상을 부수고 움직이게 하는 생성력을 가진 관계(91p)로. 그리고 이들의 관계는 세연의 죽음을 '써야 하는' 이유도, '쓸 수 없는' 이유도 된다.

'3장 한세연'에서야 독자는 이미 슬프고도 충분히 고통스러울 것으로 예상된 세연의 죽음을 마주한다. '엄마의 암도 젊었다'(95p)로 '죽음'이 형용사가 아니라 동사였다'로 표현되는 세연의 엄마의 죽음의 급작스러움과 '엄마는 아픈 것이 아니라 죽어가고 있었'고 그런 엄마의 죽음으로 세연은 '다른' 차원의 세연이 되었다는 것. 세연의 방식으로 상실을 겪는 모습을 지켜보며 독자는 세연을 사랑할 수밖에 없다. 하지만 그 순간 (99p), '그런 죽음'이 시작된다. 독자는 어디 도망갈 수가 없다. 그 골목에서 있었을 서로를 지키려고 했던 이들의 '말'을, '몸'을, 그리고 '소리'를 그대로 듣고 겪을 수밖에 없다. '동사'로서의 죽음을 스물 셋 세연이 겪은 것을 그대로 겪은 독자는 그제야 '정훈'의 말을 떠올린다. '슬픈 것은 세연의 것이고, 남은 이들이 싸워야 하고, 모욕당하지 말아야 한다'는.

우리는 우리도 모르게 '남은 이'가 되었다. 2014년 4월에도, 2022년 10월에도. '그런 죽음'들을 애도하기도 전에 모욕하는 이들을 봤다. 다행히 그 고통 옆에 서고, 그 고통을 써간 이들 덕분에 우리는 지금도 분노하고 애도할 수 있다. 정훈이 어렵게 꺼낸

'한세연 쓰기'가 필요한 이유는, 남은 이들이 싸워야 하기 때문이었다. '쓰기'는 한세연의 죽음을 지키기 위해 해야 하는 것이었다.

 4장으로 이어지면서 우리는 연주가 '한세연 쓰기'를 마친 것을 알 수 있다. 세연의 죽음에서 들렸던 '툭'은 세연을 추모하는 마음이 하나 둘 떨어져 모이는 눈물로, 겨우 힘을 내어 던지는 분노로 형상화된다. 그렇게 모아진 것들은 '상실된 한세연'을 넘어서고, 새롭게 '한세연'을 피우고, 우리의 혈관 속에 흐르게 한다. 작가는 세연을 클로즈업하지만, 독자는 많은 세연으로 줌 아웃을 한다. 그 공간의 많은 한세연을 둘러싼 관계가 보인다. 그들 속에 흐르는 슬픔과 분노가 여전히 넘실거리는 것이 보인다.

 이 소설은 소리를 들려준다. '- 후두둑', '-사삭사삭', '서걱', '-퍽', '-드르륵', '똑똑 똑…'. 마치 그 자리에 내가 있는 것처럼 눈에서 귀로, 귀에서 몸으로 감각이 전이되며 소설을 다 읽은 후엔 구석구석 통증이 느껴진다. '그런 죽음'을 옆에서 겪은 것처럼. 그렇게 작가는 '툭툭' 의성어를 독자에게 던지고, 독자는 한 글자 한 글자를 몸으로 맞는다. 이 소설은 그렇게 소통한다. 고통을 느끼지만 직면하지 못하는 연주의 머뭇거림과 연주의 주저함에 같이 머뭇거리던 독자는 연주에 의해 생생하게 재현되는 고통에 동참하게 된다. 이로써 이태원에 갔던 '누구'의 고통은 이제 독자의 고통이 된다. '타인의 죽음'은 예측 가능하지 않을 뿐더러 이질적이다. 하지만 작가가 재현한 고통의 장면은 '타자의 얼굴'을 마주하게 하여 더 이상 외부일 수 없게 한다. 고통을 느낀 후에 타자는 주체의 일부가 되며 쉽게 떨어질 수 없게 된다[1]. 수많은 '세연'의 얼굴과 마주친 우리는 또 다른 가능성을 가지게 된다. '이제는 그만!'이라고 말하는 자들에게 분노하고, 언제 어디서든 나타나는 나의 고통을 들여다보게 된다. '그 다음'은 또 '그 다음'을 만들어 낼 것이다.

고통은 끝나지 않을 것이다. 내 삶의 여러 상처들이 언제 어디서든 불쑥 나타나는 것처럼 이 '끔찍하고도 슬픈 일'은 나의 고통이 되어 언제든 나타날 것이다. 하지만 이 고통을 느낄 수 있음이 감사하다. 아프고 쓸쓸하고 화가 나지만 타인의 고통에 무감각한 이들의 무가치함을 알기 때문이다. 이런 슬픔과 아픔이 우리 삶을 더 깊고 넓게 만들어 줄 것을 알기 때문이다.

그래서 혜진씨는 어디에 있는가

질문을 바꿔야겠다. '이제 현서는 어디에 있는가'로. 『아뇨』(강진영, 2022)의 마지막 소설의 주인공, 혜진씨의 이야기가 계속된다. 한참을 걸었을 것 같고, 많은 이들과 만났을 것 같은 혜진씨는 루앙프라방에 있다.

'여느 엄마'와 조금은 다른 엄마를 가진 '현서'. 엄마와 딸의 서사가 흥미롭다. '집 나간 엄마'를 가진 딸은 '사이'를 걷기로 한다.

---

1. 최진석. 「바흐친과 레비나스」. 한국노어노문학회 학술대회 발표집(2009).

상황에 압도된 이들은 본능적으로 너무 많이 생각하면 힘들 것을 안다. 현서는 많이 생각하기보다는 '미뤄두기'를, 흔들리기보다 '균형을 유지하기'를 택한다.

이 소설에서도 여지없이 '쓰기'가 나온다. 혜진을 드러내는 메일은 짧고 온전하다. 또, 조니 미첼의 노래가 흐른다. '적절하게'. 이 노래를 알든 모르든 조니 미첼의 '적절함'은 우리에게도 위안이 된다. 이 노래를 들으면 기쁨과 우울이 지나치지 않게 유지될 것 같은 느낌을 받는다.

조니 미첼의 노래가 흐르는 차안. '집을 나간', '조니 미첼이 되고 싶다'는 엄마의 모습을 그렇게 오래 바라보는 딸이 있을까? 그 비현실적인 장면의 주인공은 '사춘기'나, '여학생', '질풍노도'라는 상투적 단어로 설명되지 않는다. 작가는 여성의 서사를 '여성' 서사로 만들지 않고 '혜진'의 '현서'의 서사로 만든다.

혜진의 참으로 '혜진' 다운 메일을 받고 루앙프라방으로 떠난 현서를 둘러싼 문장들이 '적절함'과 연결되기 시작하면서 독자도 '엄마를 찾아 떠난 딸'의 전형적인 스토리를 벗어나게 된다. 독자는 '노인과 바다'를 '상황에 압도되지 않은 사람들, 중요한 무언가를 잃지 않는 사람들의 적절(125p)함'로 해석하는 현서의 '다음'이 궁금해진다.

혼자 떠난 현서가 '슬픔에 익숙한 기특한 현서'(127p)로 남지 않아서 다행이었다. 비행기에서 옆자리 사람과의 에피소드로 같이 있다는 것의 감각을 회복할 수 있어서 다행이고, 대문자 TJ일 것만 같은 현서가 한 발자국씩 걸으며 스스로를 '기특'하다 생각한 순간, 길을 잃어서 다행이었다. 아무에게도 기대하거나 의지하지 않겠다는 현서의 여행에 끼어든 '무례하지 않은' 호의가 다행이었다.

타인의 호의를 받아들일 때 현서의 '적절함'의 범주가 넓어졌고, 그 순간 조니 미첼의 노래도 달라진다. 작가는 주체의 변화가 세계에 대한 감각도 달라지게 한 것을 들려준다. 이제 현서가 공간과 바로 연결된다. 혜진씨를 매개하지 않고도 스스로를 비엔티안과, 루앙프라방으로 연결하는 현서. 혜진 씨의 '답장'(138p)은 아무래도 좋다. 혜진 씨는 혜진 씨의 서사로, 현서는 현서의 서사로 '자신의 몫'을 가지고 살 것이다.

소설 '해피엔딩'은 '쓰기'의 소설이기도 하지만, 공간의 소설이기도 하다. '적절한 공간의 공유는 어떻게 이루어지는가? 일상 공간 속 관계는 어떻게 맺어야 하는가? 우리의 공간은 어떻게 지켜져야 하는가, 그리고 어떤 공간에서 우리는 나아갈 수 있는가'를 이야기 한다.

집단 실어증에 걸린 것 같은 시간이었다. 누구는 어이없어서 말이 안 나오고, 누구는 말하다 보면 너무 화가 나서 말을 할 수 없다고 했다. 누구는 '말을 하면 뭐하냐'는 무력감에, 누구는 '이럴 줄 몰랐다'는 죄책감에 다들 말을 하지 않았다. 침묵의 시대에 웅크린 사람들 곁에서 '침묵'의 자의적 해석으로 인해 자유로워지는 사람들이 있다. 강진영 작가의 신작 '해피엔딩'에서는 더 이상 침묵할 수 없는 사람들이, 더 이상 그들과 같은 공간에 있을 수 없는 이들이 자기의 방식으로 말을 하기 시작한다.

상처와 죽음은 언제나 그랬듯이 우리 옆에 있고, 이제는 제어할 수 없는 것들이 너무 많아서 무력감을 느끼는 시대. 오래 쥐고 있다가 건네는 작가의 '해피엔딩'이 고마울 뿐이다.

작품해설

넘어야 할 선, 넘지 말아야 할 선

남효정

인간에 대한 따뜻한 시선, 독자로 하여금 자기성찰을 하게 하는 진실된 이야기로 감동을 주는 소설가 강진영의 신작 '해피 엔딩'은 늘 우리와 마주치는 타인과의 '선', '경계', 그리고 '적절한 관계'에 대한 깊은 사유와 성찰을 불러오는 작품이다.

그녀의 소설은 '선'에 대한 질문으로 시작한다.
'선'이란 무엇인가? 각자가 고유한 개체로서 존중받고, 내 영역에 있어서 안전하다는 것을 확인하도록 해 주는 '너'와 '나'의 영역을 구별해주는 경계일 것이다. 이러한 경계 짓기에 대한 성찰은 그녀의 소설 곳곳에서 드러난다.
영화 「기생충」에서는 타인의 냄새가 나의 영역을 침범하는 것에는 예민하게 반응하며 경계하지만, 정작 자신의 발을 운전 기사의 좌석 등받이에 올려놓으며, 타인에게 닿는 자신의 냄새가 어떠할지 신경조차 쓰지 않는 일화를 통해 겉으로 쉽게 드러나지 않았던, 인물의 은밀한 이중성을 보여주는 부분이 나온다.

「거스러미와 마시멜로」는 이렇게 제 영역은 반드시 지키면서, 타인의 영역에는 죄의식 없이 쉽게 침범하는 사람들을 더 집중적으로 은밀하고 세밀하게 들여다본다. 그러다가 '이렇게 선을 넘는 사람들을 만났을 때 우리는 어떻게 대응해야 할 것인가?'라는 질문으로 독자를 이끈다. 독자들이 그 질문에 답하느라 실제로 만났던 그 비슷한 사람들과 자신이 했던 행동들을 떠올리는 와중에 문득 누군가의 멱살을 잡고 싶어진다거나, 시원하게 대거리 한 소리도 못한 자신을 떠올리며 제 머리를 쥐어박고 싶어진다거나, 주먹을 불끈 쥐며 '이제 달라질 거야.'를 외치고 싶어진다거나 하는 요상한 경험을 할지도 모를 만큼 그녀의 소설은 독자의 삶 가운데로 생생하게 직진한다.

'공(功)'은 자신의 것으로, '실수'는 타인의 것으로 돌리며, 자신이 감수해야 할 힘듦을 은근슬쩍 남에게 떠넘기는 사회 생활의 '고수' 스텔라는 자신의 편의만을 우선시한 나머지, 한 개인이 타인에게 존중받을 당연한 권리를 스스럼없이 빼앗는다. 그런 스텔라에게 제대로 된 대답을 한번도 하지 못한 연선은, 비행기의 빈자리를 제 것인 양 여기는 사람들을 보며 자신이 하지 못한 것과 해야 할 것을 드디어 깨닫는다. 마시멜로 속으로 스스로 숨어 문제를 회피할 것이 아니라, 그들에게 당당히 할 말을 해야 한다는 것을, 끝을 짓뭉개는 '응'이 아니라 단호한 '아니오'를 전달해야 한다는 것을 말이다. 제 이익을 위해 타인의 권리를 침해하는 '선 넘기'에는 단호하게 거부하겠다고 다짐하는 연선의 변화를 보며, 선을 넘는 사람들 앞에서도 그저 자신의 본분을 다하며 성실히 살아갈 뿐이었던 평범한 독자들도 '선 넘지 마.'라고 말할 수 있는 용기를 가질 수 있었으면 좋겠다.

일상에 대한 침공으로 여겨지는 '선 넘기'에 대해 어떻게 대응해야 할 것인지에 대한 작가의 생각은 「침공」에서도 잘 드러난다. 이 소설은 집사와 서로의 영역을 적절히 넘나들며, 공유와 분리의 적절한 균형을 유지하는 '적절한 관계' 속에서 살아가던 고양이의 일상이 틀어지는 과정을 고양이의 시각에서 흡입력 있게 그리고 있다. 갑작스러운 다른 개체의 침공으로 평온한 일상을 잃어가던 고양이는 침입자들에게 '야옹'이라는 단호한 나름의 목소리를 전하는데, 나의 일상에 대한 존중 없이 침공하는 존재들에게 어렵더라도 단호한 외침을 전달할 수 있어야 한다는 작가의 생각이 드러난 결말이라 하겠다. 「거스러미와 마시멜로」에서 연선이 '거스러미'를 불편함을 참아내며 그냥 두는 것이 아니라, 피를 볼지언정 바짝 잘라내고 약을 발라야겠다고 결심하는 것처럼 말이다.

'선 넘기'에 대한 단호한 대응을 말하던 작가는 소설집 후반부 두 작품에서는 '선 허물기'에 대해 이야기한다. 내 것만을 지키기 위한 '선 긋기'도 아니고, 타인의 것을 빼앗기 위해 타인의 권리를 침해하는 '선 넘기'와는 전혀 다른, '너'와 '나'의 경계 허물기를 통해 진정한 공감과 공존, 연대를 말하는 것이다.

정훈, 연주, 세연은 '너'와 '나', '연인'과 '연인의 친구' 등의 경계로 서로를 구분 짓지 않는다. 그들은 서로 '소울메이트', '영혼을 나누는 사이', '영감을 주는 사이' 등으로 생각하며 셋을 '온전한 삼각형'이라 부른다. 특히 연주와 세연이 '서로의 등을 타고, 서로의 손을 잡고 여러 세계를 넘나들며', '새로운 우주를 건네는' 장면은 '너'와 '나'의 경계를 허물며 두 사람이 더 큰 세계로 성장해 나가는 것을 보여주는 장면이다. 세연의 죽음을 모욕하지 않도록 두 사람이 함께 싸우기 위해 글을 쓰기로 하는 장면은, 실제 현실에서 세연과 같이 이태원에서 죽어간 사람들을 지키고자 하는 작가의 실제 행위와 맞물려, '너'와 '나'가 경계를 허물고 함께 죽어간 이들을 위해 싸워가야 한다는 감동적인 메시지를 전달한다. 골목 안의 사람들이 죽어가면서도 침착하게, 서로가 넘어지지 않도록, 숨쉴 수 있도록 배려하며 버텨내는 장면은 그들의 죽음에 씌워진 모욕에 대한 작가의 저항임과 동시에 읽는 사람들로 하여금 그들이 곧 '우리'임을 깨닫고 '그들' - '우리' 간의 경계를 허물게 하는, 그리하여 연대의 물결이 일렁이도록 하는, 그들의 죽음이 슬프지만 슬퍼할 수만은 없음을 일깨워주는 장면이라 하겠다.

소설집의 마지막 작품 「엄마가 루앙프라방에 있다」 역시 라오스에서 길을 헤매는 현서에게 길을 가르쳐주는 것에 그치지 않고 차까지 태워주는 친절을 베푼 한 여자의 선행을 통해 타인에게 선을 허물고 다가가서 기꺼이 친절을 베푼 행동이 타인의 세상을 얼마나 아름답게 바꿀 수 있는지를 보여준다. 현서는 그녀와의 만남 이후 엄마 혜진씨와의 새로운 관계 맺음을 다짐하며 앞으로 나아간다. '너'와 '나'의 경계를 허물고 의무감이 아닌 기꺼운 마음으로 '너'를 위해 '나'의 수고로움을 감수하는, 그러한 '적절한 사이'를 위한 노력, 그것이 세상을 '해피 엔딩'으로 향하게 하는 마법 같은 비밀이라는 것을 일깨워주고 있다.

작가의 말

글은 혼자 쓰는 줄 알았는데 지나고 보니 마침표 하나도 혼자 찍지 못했음을 알겠습니다.

제 반경에 머물러 옆에 있어 준 존재들이 영감이 되어 주었고, 소중한 친구들의 지치지 않는 격려가 글을 밀어 여기까지 왔습니다. 우리 집 Y들이 끊임없이 세상으로 끌어내 주지 않았다면 제 안에 갇혀 수시로 허우적거렸을테고, 어떤 상황에도 깔깔거리며 팔딱 솟구쳐 뛰어오를 수 있었던 힘은 순전히 양말기획과 함께였기 때문입니다. 마지막으로, 우선독자님들 덕분에 책이 되었습니다. 먼저 읽어주시지 않았다면 지금도 원고 상태로 노트북 안에 고요하게 놓여 있을 게 분명합니다.

감사합니다. 덕분에 연약한 제 글이 길을 찾을 수 있었습니다.

넘어지지 않고, 가라 앉지 않고 여러분이 하루 끝에 스르르 잠이 들 수 있기를 바라겠습니다. 외로워도 힘들어도 중요한 것을 잃지 않고 까무룩 잠이 들기를 기도하겠습니다. 우리 모두 매일매일 잘 자고, 그리하여 마침내, 해피엔딩.

2024년 9월

해피엔딩

초판 1쇄 발행 2024년 11월 1일

지은이 강진영
펴낸곳 양말기획

편집 강진영
표지디자인 양명석
일러스트 양명석

출판등록 279-69-00447
주소 서울시 송파구 송파동32-1 경남레이크파크2층204호
이메일 h_socks@naver.com
인스타그램 https://www.instagram.com/yangmal9091
https://www.instagram.com/yangmalpublisher
유튜브 https://www.youtube.com/@mxk414

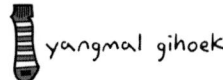

ⓒ 강진영, 2024

ISBN 979-11-978165-2-9

* 이 책의 전부 또는 일부 내용을 재사용하려면 반드시 사전에 저작권자와 양말기획의 동의를 받아야합니다.
* 인쇄, 제작 및 유통상의 파본 도서는 구입하신 서점에서 바꿔드립니다.
* 이 책은 KoPubWorld바탕체, 마루부리체, 고운바탕체를 사용하였습니다.

양말기획에서 나온 책들

[그림책] 엄마는 오늘도 일하러 가요 김미남 글그림

[그림책] 나는 이런 그림 잘 그려요 김미남 글그림

[그림책] 사진 찍어 보다 김미남 글그림

[단행본] 사진 찍는 너를 보는 나를 보다 김미남 글

[에세이] 사고 고치고 살다 신승은 글그림

[시집/그림시집] 심장이 먼저 달려왔다 신승은 글그림

[소설집] 아뇨 강진영 글

[소설집] 해피엔딩 강진영 글